TAKE
SHOBO

婚活アプリの成婚診断確率95%の彼は、イケメンに成長した幼なじみでした

春乃未果

ILLUSTRATION
赤羽チカ

MITSU
YUME

CONTENTS

MITSU YUME

イラスト／赤羽チカ

婚活アプリの成婚診断確率95%の彼は、イケメンに成長した幼なじみでした

1　婚活アプリの甘い罠

九月になっても夏が終わる気配はなく、うだるような暑さが続いていた。

東京の夏は過酷で熱がアスファルトにこもるから、涼しいと感じる間もなく朝がやってきてしまう。

鈴河里穂《すずかわりほ》は朝から気だるいままデスクの横に整列し、朝礼に参加していた。ぼんやり聞いているうちに会が終了して席に戻りかけると、八の字眉をした山野《やまの》課長が部署内を見渡し声を張り上げる。

「昨日のメールを確認して、参加希望者は僕まで連絡してください。わが広報宣伝部は、ほぼ強制登録ですので。既婚者か、特別な事情がない限りはお願いします！」

全社員へ一斉配信されたメールには、こう書かれていた。

《社内の独身者は、わが社で開発している婚活アプリMプロミス《マリッジ》を利用して積極的にカップリングし、自社で行うクリスマスイベントになるべく参加すること。カップリングに成功し、二人でイベントに参加した者にはミニボーナスを検討する。》

宣伝部の独身者は二十代から四十代までの男性六名、女性は里穂を含め二名だけの合計八名。デスク越しにお互い顔を見合わせて、みんな戸惑っていた。

里穂の勤める株式会社ラングルでは、WEBコンテンツやアプリ開発が主体の会社で、今一番の稼ぎ頭がこの婚活アプリだ。AIプログラムが独自の解析を行い、登録者の中で成婚率が高い相手を瞬時に計算し提示してくれる。

会社側は会員をさらに増やしMプロミスの名前を広く世間に周知しようと、クリスマスイベントを企画した。

現在アプリを利用しているユーザーに対しては、相性診断サービス等を行い、利用の促進を図る目的だ。今後利用を見込んでいる男女に対しては、雑誌やSNSなどで参加者を募り、活用方法などを詳しく知ってもらうイベントになっている。

そのアプリを利用し、十二月二十一日のクリスマスイベントに二人で出席すれば、カップルになったお祝いに臨時ボーナスが出るという出血大サービスぶり。上場を意識している会社側は、どうしても年末までに利用率を上げたいらしい。

突然アプリを使ってカップリングしろだなんて、ちょっと無茶な話にも聞こえる。

「里穂は、もちろん参加するよね？」

「う、うん。仕事だからね。一応、登録はするけど」

同じ部署でもう一人の女性社員、同期の園田万智《そのだまち》は、隣の席から身を乗り出して、そっと尋ねてきた。

「そっか、仕事だもんね。私も登録してみよっかなぁ～」

「万智は彼氏がいるでしょっ！」

学生時代からつき合っている彼氏を持つ万智は、どこか他人事でいる。

「課長、残念ながら彼氏がいるんですけど。サクラで参加してもいいですか？」

万智の大きな声に、少し離れたデスクに座る山野課長が、人差し指を口元に立てて遮った。

「園田さん、そういう言葉は慎んで。それじゃ女性は鈴河さんにお願いするから」

小柄な万智は里穂をチラリと見て、先に声を上げた。

「あ、課長。鈴河さんなら、もう五年もフリーなので問題ありませーん！」

「万智っ。それを今言わなくても」

「だって、最近は紹介すら断るから」

外堀が埋められ、もはや何も反論することができない。

「それじゃあ鈴河さん、よろしく。――あ、宣伝部はカップリングできないと、アプリの問題点をレポート提出だからね。そのぐらい力入れてやってくれって、部長からのお達しなんだよ」

「えぇっ⁉　は、はい。わかりました」

仕方なく返事はしたが、里穂の心は依然モヤモヤしていて納得できないままだった。登録するということは、おつき合いを前提に男性と知り合うわけで、里穂にとっては簡単なことではない。仕事上の都合とはいえ、そんな安易に男女が出会っていいものなのだろうか。

「里穂～、ついに会社から強制指導が入ったね。いい傾向だよ」

万智は腕組みをしながら満面の笑みでこちらを見つめ、上から目線で呟《つぶや》く。

スマートフォンで年末までのスケジュールを確認しながら、残りの日数を眺めているうちに焦り出した。

「十二月までって、あと三カ月しかないんだよっ。どうしよう……」

「自信持って登録すれば？　里穂は気にしてるみたいだけど、モデル体型だし、ルックスだってかわいい方なのに。もったいないって」

「そんなことないよ……」

里穂に初めて彼氏ができたのは、新卒でここへ入社したばかりの二十二歳の頃だった。上司の男性と数カ月だけつき合って、すぐに別れた。それから五年間、浮いた話は一つもない。というより、最近は男性と知り合う努力すらしていない。

原因はただ一つ、里穂の身長が１７２センチもあるということにあった。

幼い頃から人より背丈が大きかった里穂は、長年の身長コンプレックスと恋愛の失敗が尾を引き、次の一歩が踏み出せないままでいたのだ。こんなきっかけでもなければ、スタートラインに立たないまま干からびてしまうのは明らかだった。

広報宣伝部に希望を出し、異動して三年。自社が開発している人を幸せに導くアプリ、それを宣伝する立場である里穂が幸せからほど遠い位置にいるのだから、顧客の気持ちを体感するいい機会だとは思う。
でもこんな風に拗《こじ》らせている自分にピッタリの相手なんて、果たして存在するのだろうか？

仕事を終え、会社から電車で三十分ほどのところにある一人暮らしの1DKアパートに戻った。ルームウエアに着替えると、さっそくスマートフォンを操作し、Mプロミス《マリッジ》をダウンロードして登録を始める。

ニックネーム：りん
居住地：東京
年齢：二十七歳
身長：172センチ
職業：会社員
趣味：映画鑑賞、食べ歩き、読書
好みのタイプ：優しい人、私より背が高い人
一言メッセージ：一緒に楽しい時間を過ごしたいです

その他、必要な項目をすべて埋めていく。ＡＩに判断を委ねるせいか、入力しなくてはならないことが結構たくさんあった。好みのタイプや性格など一時間ほどかけてすべてのデータを入れ、写真は以前撮ったものから選び送信ボタンを押す。

しばらくしてアプリの成婚診断システムが、確率の高い順に男性のリストを提示してくれた。

すると、一番上の段に95％という高い数値の成婚率が表示され、一瞬目を疑ってしまう。

「えっ⁉　こんなに高い確率の相手なんて存在するの？」

さらにタップしていくと、お相手男性のプロフィールがポンと表示された。期待していないはずなのに、なぜかスクロールするごとにドキドキして緊張感が増していく。

ニックネーム：ハル
居住地：東京
年齢：二十八歳
身長：１８７センチ
職業：会社員
趣味：映画鑑賞、筋トレ、読書
好みのタイプ：落ち着いた女性
一言メッセージ：同じ趣味の方と出会えたら嬉《うれ》しいです

ハルという男性の顔写真がディスプレイに大きく表示されると、思わず目を奪われ凝視してしまった。

「すっ、すごいイケメン！」

そこには目鼻立ちの整った、涼やかな印象の男性が映し出されていた。

しばらく、おすすめの男性に目は釘《くぎ》づけとなる。こんなにも条件の整った男性がピッタリの相手だなんて。

理想の相手が簡単に目の前に現れたことで、一瞬心が弾んだ。けれど五年のブランクは結構長い。恋愛に対してすっかり臆病になっているから、嬉しさより不安の方が勝っている。

気に入った相手には、お気に入りを意味するハートマークを送ることになっていた。AIが勧めてくる男性は他にもいるのだから、探そうと思えばいくらでも見つかるというのに、里穂は先ほどの相手が気になって仕方がない。

ルックスや身長の条件はともかくとして、なぜか彼に心惹《ひ》かれてしまう自分がいた。

さっそくハートマークを送ってみる。里穂はそれだけで満足し、いったんアプリを閉じることにした。

翌朝、出勤前にアプリを覗《のぞ》いてみると、なんとハルからのハートマークが里穂のプロフィールページにキラリと輝いている。それを見ただけで自然とテンションが上がり、浮足立ってしまった。

……でも、ちょっと待って。こんなに都合良くいくわけないよね。

安易な自分の行動に危機感を覚え、まだまだ焦っちゃダメだと心を落ち着かせることにした。

このアプリは、お互いにハートマークを送り合うと、その相手と優先的にメッセージのやり取りができる仕組みになっている。送り合った相手のメッセージを目立つ場所に表示し、ＡＩ機能がその都度返信するタイミングや、最適なメッセージ例をアドバイスしてくれて、素早く的確にカップリングしやすいよう導いてくれるのだ。

不安をよそに翌日からメッセージが頻繁に届き、ハルからの猛アプローチが始まった。

里穂が仕事から帰宅する頃には、必ずメッセージが届いている。

《同じ趣味なんて奇遇ですね。りんさんは、どのような映画がお好みですか?》

《りんさんはどういうお仕事をされているのですか?　僕は不動産関係の——》

顔の見えない相手とはいえ日常的に交流していると、すでに会ったことがある気さえしてくるから不思議だ。ハルという男性は、いつも優しいメッセージを送ってくれる。それでも経験不足の里穂は、どこか疑念を消し去ることができないでいた。

メッセージのやり取りが続いたある日、こんな一文が届く。

《いつも思うのですが、僕たち話が合いますね。りんさんがよろしければ、今度直接会ってみませんか？》

婚活アプリって、こんなにもトントン拍子で話が進むものなの？　あまりに順調すぎて怖いくらい。

その一文が気になったまま、翌朝会社へと向かった。

午後の会議が終わり、トイレへ行くと万智が続けて入ってくる。二人で鏡の前に立ち、手を洗っていると、なぜか万智が里穂の顔をジッと見つめてきた。

「さては里穂、やり取りする相手をもう見つけたとか？」

「ち、違っ……」

「隙間時間に、ずっとスマホにかじりついてるんだもん。バレバレだよ」

勘の良い万智にズバリ言い当てられてしまった。ハルからのメッセージが気になって、画面をちょこちょこ覗いていた里穂に言い訳はできない。

「万智なら、メッセージを数日しか交わしてない相手と、すぐに会う勇気なんてある？」

「もちろん。会ってみないとわからないからね～。――何⁉　もしかして、もう会う約束までしたの？」

「べ、別に。会う約束っていうか、誘われてるだけで。でも、まだ直接会うには抵抗があるし……」

「里穂、わかってる？　これ、仕事なの。会わないと何事も始まらないから！　いいなぁ、初顔合わせ。一番ドキドキするヤツじゃん」

万智は一人でテンションを上げ、妄想を広げている。

「で、でも、まだ二週間だよ。もうちょっと相手のことを知ってから」

「慎重すぎるよ。もう二週間過ぎたの。このままだと、レポート覚悟だよ」

「う、うん。確かに」

万智の言う通り、残された時間は少ないのだから、早く出会って先へ進まなければならない。

結局、週末に会う約束を交わした。

多少の懐疑心はあるものの初めてのことだし、仕事上必要に迫られてということもある。ここは覚悟を決めて、とりあえず流れに身を任せてみることにした。

約束した九月下旬、日曜の夕方。大きなターミナル駅近くにあるコーヒーショップ店の前で待ち合わせをした。

しかし、もう十五分以上待っているというのに、相手が一向に現れる気配がない。

まさかあれだけやり取りしたのに、このまますっぽかされるの？

そう思うと一気に心細くなってきた。

こうして顔合わせまでに辿《たど》り着く段階が順調すぎて、思い当たる節があまりにも多い。もしかしてこれは、ただ弄ばれただけなのかも……。

そんな不安が頭をよぎる頃、背後に人の気配を感じて振り返った。

「りんさん……ですよね。遅れて申し訳ありません」

「あっ、あの、ハルさんですか？　私もさっき来たところです」

アプリ用のニックネームで呼ばれたことに気づき、慌てて取り繕った返事をする。

「どこも混雑する時間帯になりますね。りんさんがよろしければ、まずここで話をしましょうか？」

「はい」

バリトンボイスの素敵な声で促される。相手の雰囲気に呑《の》まれ、さっきまで抱いていた不信感はすっかり薄れてしまった。

オンライン上の出会いでは、顔を合わせた相手とプロフィール写真が似ても似つかないなんて話を時々耳にする。ところが目の前にいるハルは画像で見るよりも端正な顔立ちをしており、形の良い切れ長の目が印象的な、写真以上に魅力的な人だった。がっしりとした体躯《たいく》と手足の長いモデル体型で、黒のテーラードジャケットとスキニーパンツがよく似合っている。

二人でコーヒーショップの店内へ入ると、中はカップルや勉強中の学生で多少混雑していた。コーヒーを二つ注文し、空いていた二人がけのテーブル席に、向かい合わせで腰を下ろす。

ハルの熱い眼差しは迷うことなく里穂にだけ注がれ、身じろぎもできず、どことなく居心地が悪い。臆面もなく視線を送るハルに、気恥ずかしさと戸惑いを覚えた。

里穂は視線のやり場に困り、仕方なく手元のカップを見つめると、慣れない状況に胸が高鳴る。

「あ、あのっ。今日はよろしくお願いします！」

軽く一礼して顔を上げると、なぜかハルは里穂を見てニッコリと微笑むだけで、何も話そうとはしない。

なんだろう、この沈黙……。

メッセージでは、あれだけ熱烈にアプローチしていたのに、実際に対面すると無反応だなんて。そのことがますます不安を募らせ、ひたすら思いつく限りの原因を探った。

もしかして、写真と実物のイメージが違ったとか？　それとも、やっぱり身長の問題とか？

「え、えっと……私、婚活アプリって初めてで。あ、あの、緊張して、何を話せばいいのか……」

沈黙を回避しようと思いつく限りの言葉を並べてみたが、ハルは意に介さず、前のめりになって顔を近づけ、硬い表情で尋ねてくる。

「りんさんは、今までおつき合いをされたことはありますか？」

いきなり口を開いたと思ったら、そんな質問なの？

もしかしてハルという人は、誰と、どのくらいの期間、どんなつき合いをしてきたのか、そのすべてをクリアーにしないと嫌がる神経質なタイプなのだろうか。

「え、えぇ。つき合ったというか……お話しするほどでは……」

とりあえず言葉を濁すしかない。この年でまともに恋愛していないとは、とても恥ずかしくて口に出せなかった。

「こちらも一応お伝えしておきますね。おつき合いした女性は大学時代に三人、社会人になってから二人です。彼女いない歴は三年になります」

「こんなこと言ったら失礼かもしれませんが、ハルさんならアプリなんて使わなくても十分モテそうですよね」

「そんなことはないですよ。もし登録していなかったら、こうしてりんさんみたいな素敵な女性と巡り合うこともなかったですから」

淡々と答えるハルの言葉から手慣れた印象を覚え、少し身構えてしまった。けれど、カッコいい人から目の前で口説かれているシチュエーションに悪い気はしない。

「りんさん、詳しく教えて欲しいのですが。いつから恋人がいないのですか？」

気になる点はとことん尋ねてくる。そのやり取りは、まるで尋問のように感じた。

なぜかハルの表情は真剣そのもので、ごまかして答えている里穂の方が罪悪感を抱いてしまう。

果たして彼氏がいない期間は、それほど大切なことなのだろうか？

「えっと……二、三年くらい前に別れて……それっきりです」

とっさに少しサバを読んで答えてしまった。あまり思い出したくはないけれど、実際に上司とつき合ったのは五年ほど前のことで、映画や遊園地に行った程度だった。食事帰りに軽くキスしたのがいい思い出かもしれない。

褒められたものではないが、いまだ男性経験のない、れっきとした恋愛初心者なのだ。

ハルは、まるで睨《にら》みつけるような熱い眼差しで里穂を見つめる。そのせいで追い詰められているように感じ、ますます息苦しくなった。

「りんさんはマッチングで相性の良かった他の方とは、もうお会いしましたか？」

「い、いえ。つい最近登録したばかりなので。まだ、親しい方もいなくて」

「もしかして、僕が初めてですか？」

「はい。あの……実はハルさんが一番上に表示されていたので、それ以外の方とは何もやり取りをしていないんです」

返事をした瞬間ハルの表情が緩み、嬉しそうな顔をこちらへ向けた。そしていきなり腕を伸ばし、カップに置かれた里穂の手を両手で摑《つか》むと、ギュッと握った。

突然のことで一瞬ポカンとし、何も反応することができない。

「良かった。こうして出会えたのは運命かもしれません！　突然で驚かれたかと思いますが、あなたは僕の理想とする女性です。モデルのように背が高く、綺麗《きれい》なボブヘアで、かわいらしい顔立ち。似た趣味を持ち、落ち着いた雰囲気を纏《まと》った優しそうな女性。さすが、AIが選んだだけのことはある」

この人、本気で言ってるの……？

今まで生きてきた人生の中で、こんなに称賛されたことも、迫られたこともなかった。

恋愛偏差値が低すぎて、もはや褒められているのか騙《だま》されているのか、よくわからない。

「実は、僕もあなたとの相性が一番良かったのです。どうでしょう、今日から正式におつき合いしませんか？」

「はっ、はい⁉」

早すぎる展開に頭がまるで追いつかない。

それでもなぜか情熱的に見つめてくる彼から視線を逸らすことができず、まさにヘビに睨まれたカエル状態だった。

冷静に判断すれば、こんなのどう考えても怪しいのに……。

「あの、私たち会ってからまだほんの少ししか……」

「こうしてあなたの瞳を見つめればわかります。僕たちは運命によって導かれた」

目の前に美辞麗句を並べ立て、こちらを持て囃《はや》すような態度をとられる。

おかしな状況とわかってはいるけれど、ここで逃げては仕事にも影響があるし、恋愛スキルも一生上がらない。

もしかして、勇気ある一歩を踏み出す最後のチャンスかもしれない。

「あ、あの、私なんかで良ければ、お、お願いします」

動揺しながらもイエスと返す。

そのとたんハルは里穂の手を離し、視線を手元に落とした。思わぬ反応に驚き様子をうかがうと、クククッとこらえながら声を漏らし、みるみる肩を震わせ笑い出すではないか。

「里穂。まさか、本当に俺のこと覚えてないのか？」

「えっ⁉」

いきなり本名を呼ばれ、心臓がドクンと鳴った。

どうして彼が私の名前を知っているの？　アプリ上で本名がバレるはずはないのに……。

「目の前で顔を見てもわからないのか？　俺だよ。遥斗《はると》！　Pちゃん！」

「はっ、遥斗⁉」

その名前を耳にして、幼稚園時代の記憶が徐々に蘇《よみがえ》る。

あの頃の遥斗は白くて、細くて、小さくて、ピーピー泣くから、よくPちゃんというあだ名で呼んでいた。髪型もおかっぱ頭のように長く伸ばし、まるで女の子のようだったのに。

まさか、この低音ボイスで笑う大柄な体格の男性が、あの小柄で可愛い遥斗と同一人物だなんて。

「こうして会っても俺だって気づかないとはな。あの頃、よく里穂に小さい、小さいってからかわれて。学生時代は、とにかく体を大きくすることに時間を割いたよ」

「あ、あなたが本当に遥斗なの？　す、すごい。こんなに体が大きくなって、ホント、気がつかないくらい変わっちゃってる……」

「どうだ？　もうあの頃みたいな俺じゃないだろ？　こうして会えるのを楽しみにしていたよ、里穂」

彼の声を聞いていたら、次々と一緒に過ごした頃の記憶が思い出された。

「覚えているか？　あの頃、よくPちゃんって呼ばれて、俺のこと子分のように連れまわしたよな。スカート穿《は》かされたり、ままごとをやらされたり……今考えると、あれってイジメだよなぁ？」

矢継ぎ早に問い詰められて、ますます何も言えなくなってしまった。かつて自ら封印した、心の奥底に眠る後ろめたい気持ちが、じわじわと湧き上がる。

「ごめんなさい。でも遥斗のことバカにしたんじゃなくて、小柄で可愛いくて、本当の弟のようで、つい……」

幼い頃の自分が、素直な気持ちで遥斗を可愛いがっていたのは事実だった。

「そんな謝り方、とても納得できないな」

「じゃあ、どうすれば許してくれるの？」

尋ねた言葉には答えず、いきなり腕を摑まれ、立ち上がらされた。無言のまま出口へと連れて行かれる。まるでこの状況、誘拐されるかのようだ。

どうしよう。誰か助けを呼んだ方がいいの？　それともすぐに逃げるべき？

迷っているうちにグイグイ引っ張られ、そのまま引きずられるようにして人混みが多いメインストリートを通り抜けた。しばらく歩くと人気のない路地裏へと入っていく。

そして連れて行かれた場所はコインパーキングだった。

駐車してある一台の黒いＳＵＶに近づき、ポケットからリモコンキーを取り出すと、ドアのロックを解除した。助手席の扉を開け、にこやかな表情をこちらへ向ける。

「さあ、乗って」

「きゅっ、急に乗れって言われても」

「心配するな。乱暴なことはしない」

そう言われても、もしもこのまま拉致されて、監禁されて、行方不明になって……。頭の中には自動的に殺人事件のニュース映像が流れ出した。

すると、遥斗はポケットからスマートフォンを取り出し、唐突に里穂の前へと突き出してくる。

「これを里穂に預けるよ。何かあったら警察に連絡できるだろ」

そこまで言うのなら大丈夫だろうと思い、慎重に両手で受け取り、素直に従うことにした。

「わ、わかった」

大人しく助手席へ座ると遥斗がドアを閉め、すぐに運転席へと乗り込んだ。

車は都内の大通りを抜け、しばらく進むと海沿いの道に出る。

そこは遊歩道や街並みが整備され、高層ビルが立ち並ぶ湾岸エリアだった。夕日が沈む時間帯、車は一棟のタワーレジデンスへと近づく。

建物の幾何学的な模様の窓にオレンジ色の陽ざしが反射して、里穂は眩《まぶ》しさに目を細めた。視界を遮られているうちに、地下駐車場へと進入していく。

遥斗は車を駐車して運転席から降りると、里穂が座る助手席のドアを開けてくれた。

「さあ、降りて」

「ここって、どこなの？」

「見当つくだろ。俺の住んでる家だよ」

まずい。このまま一緒について行っていいのだろうか。かといって、今さら断ったりしたら逆上されるかもしれないし。

迷いはしたが、遥斗のスマートフォンは里穂の手中にあるし、乱暴するような様子も見られない。きっと彼が納得すれば解放してもらえるに違いない。里穂は覚悟を決めて、大きく深呼吸をした。

でも、こんな立派な部屋に住める彼の正体って、いったい何者？

「遥斗って、いつからこんなところに住んでいるの？」

「働き出した頃だから……二十二か二十三だったたか」

遥斗は入り口にある自動ドアに暗証番号を入れロックを解除すると、慣れない場所にキョロキョロする里穂を促し、建物の中へと入った。

大きく広々としたエントランスの受付にはコンシェルジュが座り、その脇には装飾を施した花瓶に花が活けられ、ＢＧＭまで流れている。そこはまるで高級ホテルのロビーのようだった。

奥にあるエレベーターに乗り込み高層階で降りると、遥斗は玄関ドアに備えてある読み取り機に指をかざし、ドアを開錠した。扉を大きく開け放つと、廊下の明かりが自動で点灯し、突き当たりにリビングが見える。

「遠慮せずに入って」

「えっ……で、でも……」

躊躇《ちゅうちょ》しつつも、立派なレジデンスの室内が気になってしまった。

他人とはいえ一応幼馴染《おさななじみ》なのだから、いきなり犯罪に巻き込むようなことはしないだろうし、少しだけなら大丈夫かもしれない。

「見ず知らずの間柄じゃないだろう。今さら怖がらないで入れよ」

「そ、それじゃあちょっとだけ、お邪魔します」

結局、恐怖心より好奇心の方が勝ってしまった。恐る恐る玄関に上がり、扉が並ぶ廊下を抜けて奥へ進むと、リビングへ足を踏み入れる。

大きな窓からはビル群が見え、その奥には深い青色の海が広がっている。部屋の左手にはキッチンとダイニングテーブル。右手には大きなソファーと大型テレビが置かれ、まるでモデルルームの見学に来ているように感じた。

こんなにすごいところに住んで、遥斗っていったいどんな仕事をしてるの？

部屋を見て驚いている里穂を尻目に、遥斗はなぜかジャケットを脱ぎシャツの袖を捲《まく》り上げ、カフェエプロンを身につけている。そしてキッチンへ立つと、何かを準備し始めた。

「なっ、何をするつもり？」

「里穂はゆっくりソファーにでも座って、くつろいで」

「う、うん」

遥斗の様子が気になりながらも、初めて入る男性の部屋に興味と不安が入り混じる。

言われた通りソファーに腰を下ろすと、ゆっくり室内を見渡した。どこを見ても生活感を感じさせず、綺麗に整頓されている。リビングもキッチンも不必要な物が置かれておらず、いまのところ遥斗以外の人が住んでいる様子もない。

こんなに広い部屋で、ずっと一人暮らしをしているのだろうか？

しばらくすると、ニンニクの香ばしい匂いが漂い、食欲を刺激する。

フライパンを振り出して五分後、炒《いた》めている音が止み、遥斗が食卓の準備を始めた。

この人、何を考えてるの……？

里穂に対して負の感情を抱きながらも、手料理をご馳走《ちそう》しようとする遥斗の真意がまったくわからない。

「さぁ、ここへ来て。一緒に食べようか」

「えっ⁉　は、はい」

里穂はテーブルに着席すると、手元に並べられた料理をジッと見つめた。

きちんとランチョンマットが敷かれ、その上にはペペロンチーノスパゲティと、トマトサラダを盛った皿が並べられている。

席に座り、フォーク片手に戸惑っていると、遥斗に食べるよう促された。

「大丈夫。毒は入れてないから」

いい香りに誘われフォークにパスタを巻き、ひと口頬張ってみる。ニンニクの風味とオリーブオイル、塩気がバランス良く仕上がっていて、まるでお店みたいな味に感動した。

「おいしい～！」

思わず気が緩んで、絶賛してしまった。その感想を聞き、遥斗がニコニコして里穂の顔を見つめてくる。

「どうする？　俺が睡眠薬とか入れてたら」

思わずギョッとしてフォークの手を止め、口に入れてしまったパスタを飲み込んでいいのか迷った。

「嘘《うそ》だよ。あまりにも簡単に男の部屋へ上がって、抵抗なく他人が作った物を食べるから。もし俺が何か企んでいたら、里穂は簡単に落とせるよな。眠らせてから、ゆっくり楽しむとか……」

こちらに鋭い視線を向けながら、冷静に言葉を並べてくる。

「だ、だって。いざとなったら、これで警察呼べるし」

テーブルの上へ無造作に置かれた遥斗の携帯、それを里穂は必死で指をさした。

「家の中に他の仲間でもいたら、どうするんだ？　部屋に俺しかいない保証なんてないだろ。あまりにも警戒しないから、逆に心配になるな」

「しっ、心配ってどういうこと？　遥斗の方こそ何を企んでるの⁉」

すると突然テーブルの上から遥斗の手が伸びて、里穂の右手首を摑んだ。真顔になって、まるで獲物を捕らえるような視線をこちらへ向けてくる。鋭い眼差しは見えない糸のように絡まり、なぜか動くことができない。

遥斗は手首を摑んだまま席を立ち、こちらへ近づくと、するりと背後に回った。そして耳元に顔を寄せ、囁《ささや》くように尋ねてくる。

「さっき俺とつき合うって、約束したよね？」

「そ、それは、遥斗だって知らなくて……」

「知らなかったら、そのまま俺とつき合っていたのか？」

その問いに何も返すことができない。

もし遥斗が自分の正体をバラしていなかったら、里穂は何も気づかずにつき合っていた可能性がある。

「少なくとも、俺のことを魅力的だと思ったんだろ？」

声を一層低くしながら、まるでこちらをなじるように言葉を投げかける。

「そ、それは……」

「それなら俺と一緒に暮らすことできるよね？」

「はっ、はぁっ⁉　いったい何を言い出すの。強引に連れて来て一緒に暮らせって、飛躍しすぎでしょ？」

「一度はつき合うと承諾したはずだ。昔の里穂は俺を連れ回して楽しかったんだろ。それなのに、こっちの言うことは聞けないのか？」

「だ、だって、それは幼稚園の頃の話で……」

「約束をすぐに翻されたらたまらないな。もし従えないというのなら、里穂の会社にクレームでも入れてみようか。高い成婚率を掲げて、急に逃げ出すような女性ばかりを紹介するのか？　とね」

里穂は焦った。自分の仕事先がＭ《マリッジ》プロミスの開発会社とは伝えていても、詳しい仕事の内容はもちろん伝えていない。

万が一、クレームの件が宣伝部まで持ち上がってしまったら、何を言われるかわかったものではない。

「だっ、誰もつき合わないなんて言ってないでしょ。でも、ここで暮らすことは話が別で……」

するといきなり遥斗の空いている腕が素早く伸びて、里穂の体をイスへ押さえつけるように背後から腕を回された。そして再び耳元へ顔を近づけ、まるで悪魔のように良心へ訴えかける。

「里穂は俺と適当につき合って、昔のことをうやむやにするつもりか。それじゃあ、納得できないな。これからは、きちんと俺に向き合ってもらわないと。だから提案しただろ。しばらくここで一緒に生活してくれたら、許してあげるって」

体に響く遥斗の低音に、理性が一瞬麻痺《まひ》した。

「わかった」

結局、頭では何も理解できていないのに承諾してしまった。

この先どんなことが待っているのかも、わからないというのに……。


里穂が住んでいた場所は南関東の大きな都市で、遥斗の家も近所だったから、同じ幼稚園へ一緒のバスで通っていた。

「里穂ちゃ～ん！」

小柄で細く色白な子が、ちょこちょこした歩幅で里穂のあとを追いかけてくる。かわいい顔をしたおかっぱヘアの遥斗は、まるで女の子のようだった。

「Pちゃんは小さいから、里穂がめんどうみるからね。あそぶときは里穂のうしろをついて来るんだよ」

ピーピー泣くから、遥斗をよくPちゃんと呼んだ。姉が一人いる里穂はずっと妹か弟が欲しかったから、遥斗の存在がとても嬉しくて、バスの席も、園で遊ぶ時も、お昼を食べる時もいつも一緒に過ごしていた。

そうして仲良くなったのは、誰かの世話を焼きたい里穂と誰かに甘えたい遥斗、お互いの欲求がうまくマッチしたからなのかもしれない。


それから数年して、年長になった卒園の近づくある日、仲の良い二人は園庭で遊んでいるかくれんぼグループに入れてもらった。

ところが、すぐに飽きた一人の乱暴な男子がいきなり大声で叫び始める。

「なぁなぁ‼　かくれんぼ、つまんねーよ〜。今から鬼ごっこしようぜ。オレがつかまえたヤツが鬼やるんだぞ！」

その子はみんなの意見も聞かず、強引に追いかけ回した。そして自然とかくれんぼは終わり、みんなが一斉に鬼ごっこを始めてしまう。園庭にいる子どもたちが、蜘蛛《くも》の子を散らすようにバラバラになって走り出した。

「Pちゃんは足がおそいから、どこかにかくれなよ！」

「里穂ちゃん、まって！」

鬼から逃げようと走りだした里穂、それを追いかけるように遥斗が小走りでついて来る。

「Pちゃんはついて来ちゃダメ‼」

里穂は煩わしく感じ、遥斗をほったらかしにして逃げ回った。くねくねと園庭にS字を描くように逃げ、鬼をしている子の追跡をかわす。

するとと足の遅い遥斗はすぐに捕まりそうになり、目の前でバランスを崩した。

「あっ!!」

大きな衝撃音と遥斗の叫び声が里穂の耳に届く。

「うわぁぁぁぁんっ!!」

一瞬にして大きな泣き声が園庭に響き渡った。すぐに先生や園児たちが遥斗の周りを取り囲む。その光景を眺めながら、里穂はその場を一歩も動けないでいた。

「このシャベルに足を取られたのね。遥斗君、痛いのはここかな?」

泣き叫ぶ遥斗に、先生は体の部位を示し、何度も尋ねている。

里穂は転ぶ瞬間を目撃していた。逃げようと走り出したときに足がシャベルに引っかかり、転ぶタイミングで雲梯《うんてい》の方へ倒れ込んでいたのだ。

何度も先生にありのままを話そうとしたけれど、結局口に出す勇気がなかった。

いつも遥斗の面倒をみていた自分が、こんなときに限って見放してしまうなんて……。

幼心に、目の前で起きた事故に怯《ひる》んでしまい、心も体も動けなくなっていた。

遥斗を置き去りにしたことをきっと先生に叱られる。そう思い込み、何も告げることができなくなってしまったのだ。

次の週、遥斗はケガをしたせいか、バス通園ではなく親に送られて幼稚園にやって来た。彼の手首は痛々しく、包帯がグルグル巻きになっている。それを見て怖くなり、ますます近寄ることができなくなってしまった。

あんなに一緒に仲良く過ごし、ずっとかわいがってきた遥斗のことを、庇《かば》うことも、言葉をかけることもできなかったなんて。

ケガをさせてしまったのは、私のせいなんだ……。

それから数日後、遥斗は幼稚園に姿を見せなくなり、そのまま卒園を迎えてしまった。さらに入学直前、遥斗が引っ越したことを母親から知らされ、それ以来一度も会うことがないまま過ごしてきた。けれど罪悪感のような感情は消えず、心の澱《おり》のようなものが自然と積もっていく。

そして、まるで遥斗に対する態度が自分に跳ね返ってくるように、小学校、中学校と男子から高身長のことでからかわれるようになった。それ以来、ずっと高い身長にコンプレックスを抱き、今に至るまで拗らせている。

記憶の中にある遥斗の顔は薄らいでも、痛々しい包帯の姿はいつまでも忘れられない。もし、あの時の自分を許してもらえるのなら、しばらくここで暮らすことも仕方ないのかもしれない……。

少し我慢して一緒に過ごせば、遥斗に謝罪の気持ちも伝わるし、昔抱いた罪悪感も薄れるような気がしていた。

2　復讐の意味

その夜、遥斗の車で自宅アパートへ戻り必要な荷物を運ぶと、簡単な引っ越し作業を済ませた。

レジデンスの部屋には寝室が二つあり、里穂は日当たりのよいリビング隣の部屋を割り当てられた。遥斗は玄関近くの北側にある部屋を使うらしい。それを知って、少しだけホッとした。

隣同士の部屋じゃなくて良かった……。

入浴を済ませ、サーモンピンクのパジャマ姿でリビングを通り抜けようとすると、ソファーに座る遥斗と視線が重なった。

するとなぜか立ち上がり、こちらへと近づいてくる。

「あ、あの、お風呂上がったから。その……明日も仕事があるので……おやすみなさいっ！」

さっさと部屋に逃げ込もうと背を向けた瞬間、後ろから腕を掴まれ、抵抗する間もなく寝室のドアに押しつけられていた。向かい合わせで肩を固定され、身動きが取れない。

「逃げるなよ。何のために里穂をここへ呼んだと思ってる？」

「つっ、罪滅ぼし？」

「違うよ。……復讐《ふくしゅう》」

「ふ、復讐って⁉」

「幼い頃、里穂の後ろをずっとついて回っていた俺は、いつの間にか自分は弱くて小さい奴だと思い込まされていた。それがコンプレックスになった。人生の大切な時期を里穂によって支配されたんだ。これくらいのこと、従ってもらわないとだろ」

遥斗の言葉が痛みとなって覆いかぶさる。彼のコンプレックスを作った原因が自分だったなんて。里穂自身、身長の問題で悩んできたこともあり、遥斗の心はたやすく理解できる。だけど、いきなりこんな形で追い詰められるなんて、納得がいかない。

「遥斗にそんな気持ちを抱かせたのは私のせいかもしれない。で、でも……それならもっと話を聞くけど」

「つまらない話は必要ない。ただ、里穂の心に俺の存在をきちんと刻みたいだけだから」

自分より背が高い人に憧れてはいたけれど、実際に体が大きくて力の強い人に迫られると、ものすごい威圧感がある。

「な、何をするつもり……？　私、もしかして殺されちゃうの？」

「まさか。俺は里穂を傷つけるつもりはないし、そういう趣味もない」

ドアに押しつけられたまま、遥斗の顔が里穂のすぐそばまで迫っていた。

こ、これってまさか……キスでもされる⁉

身動きの取れない状態に諦めて目を瞑《つぶ》り、唇に全神経を集中して覚悟を決めた。

ところが、いつまでたっても唇には何も触れてこない。怖くて目を閉じたまま、じっと耐えてみる。すると手首を掴まれた右手だけが遥斗の方へと引き寄せられた。指先に吐息がかかり、生温かくて柔らかいものが、そっと触れてくる。それが、ゆっくりと手の甲を這《は》うように通り過ぎていった。

――やだ、この感触。もしかして……。

薄目を開けて確認すると、遥斗の舌が里穂の指先をくすぐるように舐《な》めているのが見えた。

「きゃっ。変態っ‼」

弄ばれている右手を強引に引き剝がし、睨《にら》みつける。

「変態って何だよ。里穂のことを一つ一つ丁寧に確認してるだけなのに」

「かっ、確認って⁉」

「里穂を俺のものにするためのね」

まるで当然のように答え、不敵な笑みを浮かべている。これはもう逃げるしかない。

背後にあるドアを強引に開けると、寝室へ体をねじ入れた。急いでドアを閉め、開けられないようにドアノブを力いっぱい押さえつける。

すぐにコンコンとノックされたが、それを無視し、さらに力強くドアノブを握りしめた。

「初日はこれぐらいにしておくよ。俺は里穂を大切に扱うつもりだから心配するな。明日からよろしくな、里穂」

声が止んでしばらく待つと、彼の足音が遠ざかっていった。安堵《あんど》して力が抜け、その場で座り込む。

いくら罪滅ぼしのためとはいえ、自らこんなところに来るなんてどうかしている。

自分の置かれた立場に頭が混乱してきた。アプリの体験報告書は出さないといけないし、遥斗には脅されているし。それに、復讐って言いながら大切に扱うってどういうことだろう。遥斗の意図がまるでわからない。

漠然とした不安を抱いたままベッドに潜り込み、ギュッと目を閉じた。


コンコン。

ドアのノックで反射的にビクッとなる。辺りは明るくなり、いつの間にか朝になっていたようだ。

「おい、起きないと遅刻するぞ」

昨日とは打って変わって、キリリとした声で呼びかけられる。

用心深く少しだけドアを開けてみると、そこには高級そうなグレーのスーツに身を包んだ遥斗が立っている。昨日のラフな格好とは違った雰囲気で、今朝はずいぶん凛々《りり》しい姿だ。

「俺は時間だから、もう出かけるぞ。鍵とエントランスの暗証番号はテーブルに置いてあるから」

それだけ伝えると、玄関の方へと消えていった。

時計を見ると、こちらも出勤時間が迫っている。急いで準備するため、慌てて洗面室へと駆け込んだ。


レジデンスのある最寄駅から職場までは、地下鉄を乗り継ぎ三十分ほどのところにある。会社は駅から歩いて五分の便利なオフィスビル内、十一階から十四階に位置していた。

朝から仕事が忙しく、溜《た》まっていた入力作業を済ませると、すぐにランチの時間となった。部署の男性陣は全員外へ食べに行ってしまったので、静まり返った室内で万智とコンビニで買ったものを広げる。

「ねぇ里穂〜、アプリの彼とはその後どうなった？」

「う、う〜ん。まだ何とも。とりあえず一回会ってみただけだから」

温めたパスタを頬張りながら、万智がさっそく興味津々でアプリの話を持ち出してくる。この状況で、あまり突っ込んで聞いて欲しくはない。

「とぼけたこと言って、とっくにつき合っちゃってるとか〜？」

「ま、まさかぁ。そ、その、まだあまり進んでなくて……」

つき合うどころか、脅されて同居してます……などとは、とても言えない。

里穂たちの勤める会社はマッチングアプリを扱っているせいか、社内恋愛推奨で、サークルや飲み会も盛んだ。里穂も何度か参加してみたけれど、素敵だなと思った人の『やっぱり小柄な女子ってかわいいよね～』という発言を耳にしてしまい、それっきりほとんど参加していない。

このままアプリを通じて理想の人に出会うのも、どこか遠い道のりに感じ始めている。やはりここは、遥斗のことを報告書に書くしかないのだろうか。

「里穂って視野が狭いよ。何事も経験が大事なんだから、開き直って色々な人と恋愛すればいいじゃない？」

万智の明るいセリフに、ちょっとだけ勇気づけられた。

多少変態なところもあるけれど、里穂のことを昔から知っている相手だし、ここは経験を優先して苦手意識の克服だと考えればいいのかもしれない。

でも、遥斗のことをどうやって報告書に書けばいいのだろうか……？

結局、先が見えないまま終業時間になってしまった。

今夜からは、遥斗の住むあの部屋に帰ることになっている。こんな形でも一応は居候の身なので、食事くらいは作るべきかと思い立った。

初めて男性に食べさせる料理と考えると思わず身構えてしまうが、自分にとって得意料理と呼べるものは特にない。考えあぐねて、夕食は失敗する確率の低いカレーを作ることに決めた。

料理が完成して二時間ほど経過すると、やっと遥斗が帰宅した。

シャワーを浴び、ルームウエア姿になった彼が現れたタイミングでカレーとつけ合わせのグリーンサラダを並べる。二人でダイニングテーブルの席に着いた。

「すごくいい香りだ。これを俺のために作ってくれたの？」

遥斗は大きな体を屈めカレーの匂いを思い切り嗅いで、嬉《うれ》しそうな声を上げている。

「そ、そんな大げさなことじゃないよ。こんな豪華な場所で、無料《ただ》で寝泊まりするのも悪いし……」

「里穂が作ってくれるなら、何でも嬉しいよ」

そう言って、並べた食事をおいしそうに平らげていく。

自分で作って一人黙々とする食事とは違い、一緒に味わい、そして残さず食べてくれる人がいることは単純に嬉しかった。

それに、今日の遥斗は至って普通だ。きっと昨日の態度は、ちょっと悪ふざけをしただけなのかもしれない。

すっかり安心して食事の片づけを終わらせると、のんびり入浴を済ませた。パジャマ姿でリビングを抜け、部屋へ戻ろうとすると、なぜか遥斗が里穂の行く手を阻んでくる。

「さて。昨日の続きをしようか？」

「えっ！　きょっ、今日も⁉」

　驚きのあまり後ずさりする。遥斗の表情がさっきとは一変し、意地悪そうな顔つきで笑みを浮かべているように見えた。

　どうにかして、この状況を切り抜けないと……。

「そ、それより遥斗って、普段どんな仕事してるの？　こんな場所に住むってことは、きっとお金持ちなんでしょうねぇ～？」

「知りたいか？」

「うん、うん。だって私たち二十年以上会ってなかったから、お互い知ってるようで何も知らないんだよ。聞きたいなぁ、遥斗のこと……」

「そうか。それじゃあ、教えてやるよ」

　遥斗の気を逸らすことができたと安堵した瞬間、体がフワリと持ち上がる。

「きゃっ」

　あっという間にがっしりとした腕に抱き上げられ、いわゆるお姫様抱っこをされると、リビングにあるL字型の大きなソファへ下ろされる。遥斗が寝転んでもすっぽりと入る大きさだから、ベッドに寝かされているのも同然だった。

　も、もしかして、このまま襲われる……？

　警戒していると、遥斗は横たわった里穂の足元へ座り込んだ。そして右足の靴下を丁寧に脱がせると、両手で素足を軽く持ち上げる。

「足のマッサージって受けたことあるか？」

「えっ⁉　そ、そんなのないよっ。ちょっ、恥ずかしいからやめて！」

遥斗は左手で足首を持つと、右手の指の腹を使い、器用にマッサージを始めた。

男性からまじまじと素足を見られることも、直接触れられることも初めてで、身の置き所がない。慌てて足を引っ込めようとするが、摑まれている力が強くて離してはもらえな

い。

仕方なく耐えていると、マッサージ効果なのか羞恥心のせいなのか、手足の指先から体全体の温度がじわじわと上昇していくのを感じた。

「もっと力を抜いて、リラックスしろよ」

「だって、そんな。……だから遥斗の……教えてもらおうと……」

足裏に優しく指の腹を押し当て、ちょうどいい力で刺激を与えてくる。心地よさに身を任せ、もはや何を尋ねようとしているのかわからない。

「小学校に上がる頃、両親が離婚したんだ。母親と東京へ引っ越して、それからしばらく二人暮らしをしていた。小四の頃に母が再婚して新しい父親ができた。その父が作った会社が急拡大して、今はそれを手伝っている」

「そうだったんだ。――ごめんね。なんか、無理に聞いちゃったみたいで……」

話しづらいことをムリにさせてしまったような気がして、後ろめたさが残る。

遥斗がそんな人生を歩んできたなんて、ぼんやり生きてきた里穂にとっては想像もつか

ないことだった。

「俺も聞いていいか？」

「う、うん」

「里穂のつき合った男って、どんな奴だ？」

——またその話題なの？

つき合ったとは言ったけど、ほんの数カ月の恋愛で、話すほどのエピソードもあまりない。これ以上突っ込まれて質問されると、ずっと遥斗にからかわれそう。どうごまかせばいいのか正直焦ってくる。

「え、えっと……会社の上司だった人で、背が私よりちょっと高くて、車が趣味の……。私とは趣味が合わなくて、それと身長のこともうまくいかなくて。それで、自然と別れたの」

「今でも好きなのか？」

「まさか。だってだいぶ前に……って、そ、そんなことどうでもいいじゃない」

「ふ〜ん」

遥斗のマッサージが左足にチェンジした。

「そいつに足を揉《も》まれたことはないのか？」

「なっ、ないでしょ、普通……」

「じゃあ、俺が初めてだな」

嬉しそうな声を上げると、先ほどまで揉んでいた手を止め、指先で足裏の真ん中をツーッとなぞった。

「きゃっ。くすぐったい」

思わず体を縮め足を引っ込めようとしたけれど、遥斗の手が足首をがっちりと摑み、まだ許してはもらえない。

すると今度は左足を両手で持ち、口元へ近寄せた。次はどんなマッサージかと思いきや、足の指一つ一つに口づけをし、どこか恍惚《こうこつ》の表情で里穂の小指の先を軽く口に含んでいる。里穂は慌てて足をバタつかせた。

「そっ、そんな恥ずかしいことやめて！」

「恥ずかしい？　マッサージに慣れれば羞恥心も消える。こんなふうにされたこともないだろ？」

遥斗の手が、足先から脛《すね》へと伸び、ズボンの裾を捲《まく》り上げると優しく撫《な》で上げた。ゾクゾクした感覚が背中から這い上がる。遥斗の丁寧な指遣いに力が抜け、抵抗感が薄れてきた。

右足も同じようにゆっくりとマッサージされ、宣言通り、まるで里穂の体を一つ一つ確認しているかのようだった。

自分の意思とは反対に、体の中心がムズムズする感覚にどう対処したらいいのか戸惑ってしまう。

「今日はここまでにしようか」

体がリラックスしてマッサージに慣れてきた頃、遥斗が急に手を止めた。

心地良さに、思わずこのまま続けてと言いそうになってしまったが、これも彼の戦略なのかもしれない。

遥斗は捲り上げた裾を戻し靴下を履かせてくれると、まるで何事もなかったかのように立ち上がる。

「おやすみ、里穂」

そう言うと、すんなり部屋へと戻っていった。

里穂は羞恥心と高揚感を与えられたまま、一人ソファーに横たわったまま取り残された。

「いっ、いったい何がしたかったの……⁉」

思わずそう呟《つぶや》いてしまった。

遥斗の思惑がわからないままゆっくりと体を起こし、寝室へと向かう。ベッドに横たわると体はぽかぽかと温かく、心はすっかり穏やかになって、その日はいつになくぐっすりと眠ることができた。

翌朝、少し早めにベッドから起き上がると、朝食を作るためキッチンに立ち準備を始めた。トースターに食パンを入れ、ハムエッグを作ろうとフライパンに火を入れる。熱くなったところへ卵を落とそうとした直前、背後から腕を掴まれた。

ハッとして振り向くと、遥斗がすぐ後ろに立っていて、彼の手が里穂の腰の辺りに触れてくる。驚いているうちに、紺色をしたカフェエプロンをつけられてしまった。サイズは男性用で少し大きく、確か以前彼が料理した時に身につけていたものだ。

遥斗の指先が里穂のへその辺りでリボン結びをしている間、彼の温かな体温を背中に感じた。意識していないはずが、トクンと胸の奥が弾みだす。

「今度からはこれを使え。服が汚れるだろ」

朝から耳元で聞こえる低音ボイスが全身に響き、ぼんやりしていた里穂の意識をはっきりとさせた。彼は当たり前のことを言っただけなのに、なぜか鼓動が激しくなる。

こんな時間から、優しく囁《ささや》かないで欲しい……。

気を取り直して、ハムエッグとサラダを作った。着替えを済ませたスーツ姿の遥斗が、ダイニングテーブルの席に着き、里穂もその向かい側に座る。

「まさか、里穂に朝食を作ってもらえる日が来るとは思わなかったな」

「そんな大げさだよ。こんな簡単なものなら、すぐに準備できるし」

遥斗は嬉しそうに目の前にある食事を食べ始める。

本当は少し眠たかったけれど、昨晩カレーを喜んで食べていた姿を思い出し、朝早い遥斗に食事を用意してあげたかった。大きな体をした大人が、簡単な料理でも喜んで食べている姿は、どこか純粋でかわいらしい。

「そうだ、今夜は一緒に外で食事をしないか？　場所はあとで連絡するから、仕事が終わり次第来てくれ」

「うん。わかった」

その一言を聞いて実は内心ホッとしていた。今夜も仕事帰りに夕食のメニューを考えなくてはならないかと思うと、結構プレッシャーだったのだ。遥斗の作る料理にレベルを合わせようにも、自分の腕前にはちょっとムリがある。今夜は少しだけお休みして、一緒においしいものでも食べたい。


最近はアプリ参加推進のため、社内全体で残業が減らされていた。仕事は定時に終わり、さっそく遥斗から指定されている場所へ向かう。

約束したコンビニ前で待っていると、スーツ姿の遥斗が颯爽《さっそう》と現れた。

背がスラリと高く足も長いから、遠くからでも人目を引く。ダークネイビーのスーツがよく似合い、朝も目にしているはずなのに、その姿を思わず二度見してしまった。

「何だよ、待たせたか？」

「ううん。何でもない」

不思議そうな顔をして遥斗がこちらを見つめている。見とれていたなんて言ったら、ますますつけあがりそう。

そこから歩いて数分の場所にある路地裏の店に入る。

カウンター席と小さなテーブル席が五つほどあるこぢんまりとした店だった。店の奥には大きなビールサーバーが置かれ、イギリスのパブのようなスタイルで、各国のビールを揃《そろ》えた専門店らしい。窓際にある四人掛けの席に、リザーブの札が立てられている。

「へぇ～。遥斗って、こういう店が好きなんだ」

「接待で高い店は行き尽くしたから、こういう気取らない店がいいんだ」

店内には控えめなジャズの曲がかかっていて、客層も四、五十代くらいの落ち着いた年代の人ばかりだった。里穂よりも苦労しているのだから当然だろうが、遥斗の雰囲気は同い年なのにどこか落ち着いていて、自分よりもずっと大人っぽい。

「エール系のビールとフルーツビールを」

向かい合わせに座ると、遥斗は手慣れた様子で注文を済ませた。

おつまみにウィンナーとザワークラウトが運ばれ、すぐにビアグラスに並々と入った黄金色のビールが二つ運ばれてきた。

「これなら飲みやすいだろう」

そう言って、片方のビールを渡される。お互いのグラスを軽く合わせ乾杯すると、遥斗はビールを半分ほど飲み、里穂は少しだけ口に含んだ。苦くてまずいと思っていた味とは違い、驚きのあまりグラスを置いた。

「うわぁっ。ビールって、苦いからあまり好きじゃないけど、これってまろやかで、飲みやすい！」

「こっちも飲んでみろ」

すっかりビールの考え方が変わり、勧められるまま遥斗のビールを一口飲んでみる。

「う～ん。いい香りがする。種類が変わると、こんなに風味が違うなんて」

「ビールは種類によって苦みも違うから、エール系なら飲みやすいはずだ。ただ、フルーツビールはほとんどジュースみたいだけどな。里穂が普段口にしてるビールは、ラガー系じゃないのか？」

「ビールのことはよくわかんないけど、遥斗っていろんなことに詳しいんだね」

背が高くて、イケメンで、物知りで、料理もできる。どう考えてもモテないはずはないのに、しつこく里穂に関わりたがるのは、やはり復讐のためだろうか。

リラックスした雰囲気に、二人で調子よくグラスを空けていく。すると普段お酒を飲まないせいか、一時間もしないうちに酔いが全身に回り始める。

いつしか心に浮かんだ言葉は、そのまま口をついて出るようになってしまい、自然と遥斗に向かって投げつけていた。

「本当はすっごいモテるんでしょ～？　復讐だなんてからかってぇ、私のことバカにしてるよねぇ～」

「里穂、顔が真っ赤だぞ。もう飲み過ぎだから、この辺でやめとけ」

遥斗が落ち着いた声で里穂に諭してくる。グラスに残ったビールを遥斗に回収されそうになり、それを奪うように手に取ると一気に飲み干した。

すっかり大きな気持ちになり、視界がぐらつきながらも日頃の恨みをぶちまけたくなる。

「いつもそうやってニヤニヤ笑って。どーせ私は、小柄で可愛い女子には敵わない、残念女子ですよっ！」

「もしかして、別れた理由はそれか？」

「そーだよ。悪い？　オレの身長より高いからヒールをやめろ～とか、背の高い男子と話するな～とか。ねぇ、どうして背が高い女子はいつも損するの？　あぁっ、遥斗。ちょっと、ビールがもう空っぽだよ」

空のグラスを振り回していたら、頭も一緒にグラグラと揺れ出し、次第に天井がゆっくりと回転を始めた。

「あれぇ？　おかしいなぁ。この店、回ってる？」

向かい側に座る遥斗の顔が普段以上にカッコ良く見え、何もかもが楽しくなってきた。

「里穂、お前って……酒に弱かったのか？」

「まだ全然大丈夫。酔ってなんかないよ～。ただ、天井がグルグルして……」

「それを酔ってると言うんだ」

遥斗は真面目な顔をして里穂へ話しかけるけれど、まるで夢の中にでもいるかのように声が遠くで聞こえる。体がフワフワして意識が薄れ、眠くなって瞼《まぶた》を開けているのがとても辛い。

「ふぁぁ……なんか、目が重いなぁ……」

里穂は両手で頭を抱えるように支えながら、一瞬だけ目を閉じた。

ふと気がつくと、寝室のベッドに横たわっている。しかも毛布の下はキャミソール姿だった。

「あれ⁉　これって、どうなってるの……？　さっきまでビール飲んでて、どうして……」

「やっと気がついたか」

すぐそばにはルームウエア姿の遥斗がいて、里穂の寝ているベッドの端に座っている。

「里穂がこんな簡単に酔うとは思わなかったな」

「私、どうやって帰って来たの？」

「俺がタクシーに乗せて、ここまで運んだんだよ。ほとんど眠っていたから、服を脱がせてベッドに寝かせた」

呆《あき》れたように遥斗が呟く。まだアルコールが残っているせいか、ぼんやりとしていて頭がすっきりしない。

「ふぇ〜っ、迷惑かけてごめんねっ。こんなに酔うなんて思ってもみなかった」

「そのおかげで、色々詳しいことを教えてくれたぞ。前の彼氏が初めてつきあった男だとか、キスしかしてないとか」

「えっ⁉　わっ、私ったら、そんなことまで……」

まさか、そこまで暴露しているとは思わず、恥ずかしさのあまり毛布を鼻先まで引き上げた。

「待てよ。まだ今夜の用が済んでない」

そう言って、いきなり寝ている里穂の上へ馬乗りになると、覆いかぶさるように体を重ねてきた。

「目が覚めるのを待っていたんだ。意識がない里穂を襲ってもつまらないからな」

毛布の上から両腕を押さえつけられた。お腹の辺りに何か硬いものが触れる。

この状況、とてもまずいかも……。

「もしかして、俺のために初めてを取っておいてくれたのか？」

「バ、バカにしてるんでしょ？　この年まで未経験でいるなんて……」

「まさか、その逆だよ。里穂の記憶に残ることができて嬉しい。俺が初めての男、になるんだよな」

強い力で押さえつけられている体と、まだ酔いの醒めない頭で、抵抗する気力も薄れてくる。

遥斗は鋭い目つきで里穂の視線を捕えると、すぐに至近距離まで顔を近づけた。どうにもならなくなって、里穂は思わず目を閉じる。唇に柔らかな感触が伝わると、すぐに意志を持った舌先が里穂の口を開かせた。激しく口中を探られるうちに力が抜けて、頭の芯が揺らめいてくる。

唇の輪郭を辿《たど》られる瞬間、ピチャッという卑猥《ひわい》なリップ音が耳に届く。

――何？　この感覚……。

キスしたことがあると言っても、唇が重なり合う程度の軽いキス止まりだった。口の中をうねるような舌の動きが繰り返されると、もどかしいような甘ったるい感覚が襲い、ベッドに横たわっているはずなのに体はふわふわと浮きあがる。

唇が離れたあと、温かくねっとりとしたものが今度は耳元に触れた。吐息がかかり、柔らかいものが耳たぶを挟み、そっと耳の輪郭をなぞり出す。その感触に体の奥がゾクゾクし、お腹の辺りが痺《しび》れて全身の力が抜けそうになった。

「ふぅ～……はぁぁ……」

自然と長い吐息が自分の唇から溢《あふ》れ出す。

このまま遥斗に身を任せたら、私どうなっちゃうの……？

毛布が少しずつずらされ、耳元から首筋にあてられた彼の唇がゆっくりと移動する。そして鎖骨の辺りに短く口づけを繰り返した。

「今日はいくつも確認をさせてもらおうかな？」

そう宣言すると、舌先を尖《とが》らせ里穂の身体を滑らせる。すっかり抵抗することを諦めた里穂は、舌先が辿るラインが次第に胸元へ向かっていることに気づく。

それでも酔っているせいか、すべてが初めてのはずなのに、なぜか羞恥心も恐怖心もあまり感じない。緩やかに生じる心地良さの中、次第に意識は遠のいていった。

3　彼女が失くした空白の記憶（遥斗SIDE）

時間をかけて里穂を自分のものにすると決めてから、長い年月が過ぎた。

アプリのおかげで彼女との関わりはできたが、ライバルが現れたらと不安に駆られ、強引に自分の元へ連れて来てしまった。女性の扱いには多少慣れているはずが、里穂に関してはそうもいかない。彼女の顔を見ると、どうしようもなく落ち着かなくなってしまうからだ。

血色の良い頬に、柔らかな眼差し、怒ったときに尖《とが》らせる口元がかわいくて、そのすべてに興奮を覚えた。丁寧に接しているのにも限界がある。彼女に触れるたびにますます欲情してしまうのだから。

しかし、一緒に暮らすところまで持ち込んでしまえば、もう焦る必要はない。ゆっくりと里穂の記憶に俺の存在を刻めば、きっとこの手に落ちるはずだ。

今夜飲みに誘ったのは、ただ里穂と外で飲みたかったからで、彼女をものにするための策略ではなかった。それなのに、簡単に酔っ払う里穂に思わず理性が緩む。ビアグラスを持ったまま、里穂の目はトロンとして半分閉じかかっていた。

自宅に連れて来たときにも感じたが、相変わらずガードが甘い。

「あんまり酔っ払うと、俺が襲うぞ」

冗談めかしてからかうと、里穂は眉をひそめて口元を膨らませ、ため息をついた。

「ふんっ。どうせ簡単に仕留められるとでも思ってるんでしょ〜？　そうですよっ。自慢じゃないけど、五年も彼氏いませんよぉっ」

「おい。三年じゃなかったのか？　それに里穂の反応を見ていると、男がいた形跡がまるでないんだが」

「またバカにするっ。私だって、これでもキスまでは経験済みなんだから」

里穂のセリフにビールを吹き出しそうになりながら耳を疑った。

「キ、キス⁉　おい、キスまでってことは……」

以前、つき合っているヤツがいたのはショックだったが、これは俺が里穂の初めての男になれるってことだよな……。

自然と顔が綻ぶ。里穂の反応から男に慣れていないとは感じていたが、まさか未経験だったとは。相手が自分だからいいが、他のヤツなら間違いなくこのままホテルに連れ込まれているだろう。

まったく、どれだけ警戒心が薄いんだよ。

呆《あき》れるのと同時に、昔から知っている仲だからこそ、ここまで油断しているのかと自惚《うぬぼ》れそうになった。

「おい、里穂。いくら何でも、安心して酔いすぎだろ?」

里穂は目を閉じたまま、重そうな頭を両手で支え、何とか起きている状態だ。

仕方がない、そろそろ連れて帰るか……。

スマートフォンを取り出しタクシーの予約を済ませる。彼女の隣へ座ると、肩を抱いて引き寄せた。頬はピンク色に染まり眠たそうにはしているが、酔っているだけで具合が悪くはなさそうだ。

一安心していると、タクシーが到着したとの知らせが届き、里穂を立ち上がらせた。

「はぁるとぉ……。ベッド……どこぉ?」

「ここは、まだ店の中だ。自分の足で歩けるか?」

里穂を背中から抱きかかえ、ふらつきながらも出口へと向かう。待たせていたタクシーに体を支えながらゆっくりと乗せ、隣のシートへ座った。

車が走り出し、ホッとして隣を見ると心地がいいのか、すでにうたた寝を始めている。綺麗な二重瞼《まぶた》に小さめの鼻と、ぽってりとした形の良い唇。改めて至近距離で見ると、酔っている里穂の顔がいつになく色っぽい。

このままキスしたい衝動に駆られるが、それでは計画に反してしまう。

タクシーで三十分ほど走り、自宅に到着した。

すぐに降ろそうとするが、里穂はぐっすりと眠っている。仕方なく抱き上げてエレベーターに乗り部屋へと戻った。

ベッドの上へそっと寝かせるとブラウスとスカートを脱がし、下着姿にさせる。エアコンが効いている室内では寒さも感じないのだろうか、一向に起きる気配がない。

「これで我慢しろっていうのか……」

過酷な状況にこらえきれなくて、里穂のベッド脇に椅子を置き、彼女の顔を眺めながらビールを飲んだ。

里穂は一時間ほどで目を覚ましたが、そのときには理性を抑えるのが限界になっていた。自分で決めたはずのルールを、今夜はとても守れそうにない。里穂は下着姿でいることに驚いてはいるが、以前よりは警戒していなかった。彼女がゴチャゴチャ言ってる間に、体の上へ覆いかぶさる。顔を近づけ唇を重ねると、柔らかな感触と心地よい弾力が直接伝わる。舌先で口腔《こうこう》内や歯列をなぞると、里穂の甘い吐息が口の中で漏れた。

唇を離すとふわっと彼女の甘い香りが首元から発せられ、体の奥から抑えきれない欲望が湧き上がる。

首筋に唇を這《は》わせ耳元を辿《たど》り、耳たぶを軽く口に含むと、里穂は力の抜けたような恍惚《こうこつ》の表情を浮かべた。

「ふぅ～……はぁぁ……」

「こんなもんじゃない。まだ、これからだ」

もっと気持ち良くさせて、この唇も、身体も、すべて俺の記憶を刻んで忘れないようにしてやる。少し早まったが、それが当初の計画なのだから。

舌先を立て、耳元から首筋を辿る。心地よい舌触りと柔らかな肌の感触を確認しながらキャミソールを捲《まく》り上げた。ブラの中に隠れている丸みを帯びた曲線が目の前に現れ、その膨らみに手を伸ばす。心地よく柔らかな弾力を楽しむため、繰り返し触れた。ブラの隙間に指先を滑り込ませ、胸の尖りを探っていると、里穂の方からリズム感のある音が聞こえてくる。

まさか……。

顔を上げて彼女を見ると、頬は紅潮して口元は緩く開き、穏やかな表情で心地よさそうに眠っている。

一瞬、この昂《たかぶ》ったままの体をどうしようかと考えたが、寝ている里穂をムリヤリ襲う気にもなれない。性的欲求を満たすために彼女を抱くわけではないのだ。

里穂に自分のことをきちんと記憶してもらわなければ意味がない。

男に襲われている最中、スヤスヤと眠ってしまう隙の多い彼女の姿は、もはや呆れるというより微笑ましく感じる。

あまりのかわいさに強く抱きしめ頬に軽いキスをしたあと、隣で仰向けになった。

「どれだけ我慢強いんだ……俺は」

朝が来るまでの時間を思い、長い夜にため息をついた。

4　赤い糸の絡まり

翌朝目覚めると下着姿でベッドに寝ていた。甘い記憶は途中まで覚えているのに、酔っていたせいか、最後の方がよく思い出せない。

遥斗はいつものように朝早く仕事へ行ったようだ。

体にだるさが残り、もう一度眠りにつきたかったけれど、そろそろ出かけないと遅刻してしまう。重い体を無理に起こし、支度に取りかかることにした。


どうにか出社したものの、今日の仕事は眠気を誘う入力業務だった。仕方なく、ぼんやりする頭でパソコンへ向かう。

「鈴河さん。ちょっと！」

突然声をかけられハッとして我に返った。どうやら、あまりの眠気にキーボードへ突っ伏しそうになっていたらしい。慌てて顔を上げると、山野課長がこちらを見て手招きしている。急いで立ち上がり、課長の元へと向かった。

「鈴河さん、金曜の朝に、グランドハイタワーホテルへ行ってもらえるかな？」

「はい？　いきなり、何の仕事ですか？」

「その日はTSAグローバルとの朝食ミーティングがあるんだよ。アプリを使用した感想を直接聞きたいと先方からの依頼があってね」

TSAグローバルというのはアプリの主な出資元で、『Mプロミス《マリッジプロミス》』を共同開発している出資会社だ。最近流れに乗っている企業の一つで、不動産取引やホテルのコンサルタント業務にM&Aまで、多岐にわたった経営を行っている。近年はアプリ開発にも積極的に資金を提供していた。

「わかりました。でも、どうして私が参加するんですか？」

「現在の状況と今後の開発のために、アプリ体験者の意見を参考にしたいらしい。とにかく当日は遅刻しないように！」

ぼんやりしているうちに次の仕事が回ってきてしまった。なぜ自分の元にそんな大役が回ってくるのだろうか。まだアプリも登録して間もないし、果たして遥斗のことをどこまで話していいのかもわからない。

詳しく聞きたいと言われてもなぁ……。

それに今夜だって、遥斗の前でどんな顔をすればいいのやら。昨夜の記憶は薄れて曖昧なままだけど、恐らくよからぬことになったことは間違いない。

仕事中、どうしても昨夜のキスが脳裏をかすめ、柔らかな舌の動きを思い出してしまう。里穂は落ち着かないまま仕事をこなし、定時に上がるとまっすぐに帰宅した。

ドアを開け玄関に入ると、すでに遥斗の靴が置いてある。珍しく今夜は、彼が先に帰宅しているらしい。

ど、どうしよう。とっても気まずい……。

しばらく時間を潰すために、もう一度外へ出ようとドアノブへ手をかけた瞬間、鋭い声で動きを止められた。

「おかえり、里穂。今からどこへ出かけるつもりだ？」

「えっ⁉　あぁ、あの、あはは。夕飯の食材買い忘れたから、その辺のお店でも行こうかなって……」

「安心しろ。夕飯ならもう作ってある」

なっ、なんて気が利くの。普通の彼氏だったら嬉《うれ》しくてこのまま飛びつくはずが、遥斗のことだから何を企んでいるのかさっぱりわからない。

シャワーを浴びてルームウエアに着替えると、テーブルの上にはおいしそうな食事が出来上がっていた。メニューは和風ハンバーグで、その上には大根おろし、つけ合わせには、ほうれん草や人参のソテーまで添えてある。

「遥斗って器用だよね。こんなに料理ができるなんて、どこかで教わったの？」

「話しただろ。小四まで母親と二人暮らしをしていたんだ。家事は一人でいる時に少しずつ覚えた。昔から身の回りのことは自分でやるように躾《しつけ》けられたからな。一通りのものはな……。

「そっか……。遥斗は私よりもずっと苦労しているんだね」

自分が知らない間の彼の人生は、きっと比べ物にならないほど辛く険しかったんだろう

作れるようになっている」

そう思うと、彼の横顔がとても逞《たくま》しく思えてきた。

さっそく綺麗《きれい》に焼けたハンバーグを一口味見してみる。ふんわりとした食感にコクのある肉の味と、さっぱりとした和風おろしがひとつになって口の中に広がった。

「すごくおいしい！」

「そうだろうな。里穂よりはうまく作れる自信がある」

「ひどっ……」

とりあえず、昨夜のことが話題にのぼらないことにホッとした。酔った勢いでしたことだし、特に気にする必要もないのかもしれない。

「そうだ、遥斗。今週の金曜は朝食ミーティングがあって、早く出かけるから朝ごはん作れないかもしれない」

「ふーん」

こちらの予定など、まるで興味のなさそうな返事をされ、会話が途切れた。黙々と食事をしている室内には、気まずい空気が流れ始める。

……あれ？　私、何かいけないことでも言った？

不意に訪れた沈黙で不安になる。この場の雰囲気をどうにかしようと頭をフル回転するが、焦れば焦るほどますます話題が見つからない。

「里穂。ところで昨日の夜のこと覚えてるか？」

「えっ⁉　き、昨日の夜……」

即座に鼓動が激しく脈打ち、全身が熱くなっていく。遥斗はテーブルに頰杖《ほおづえ》をつきながら、まるでこちらの様子を楽しむかのように尋ねてくる。

「キスしたことは？」

「キ、キス⁉　おっ、覚えてないなぁ～……」

「ベッドの中のことは？」

「きっ、きっ、記憶ないかも～……」

すると遥斗は急に席を立ち、里穂に近づき屈み込むと、いきなり唇を重ねてきた。

「んんっ……」

片手で顎を摑《つか》まれ、動きを封じられた状態でされる強引なキス。抵抗しようと伸ばした手が遥斗の硬い胸板にぶつかり、手首を抑えられてしまう。遥斗は唇を捕えたまま、何度も里穂の口元をついばんだ。

昨夜の余韻を思い出し、頭がクラクラし始める。口の中を蠢《うごめ》く舌に力が抜け、体の芯が蠟《ろう》のように溶けだす。

唇を離すと肩を抱かれ、そのまま椅子から引き剝がされた。里穂の背中に腕を伸ばすと、いつの間にか抱き上げられ、そのまま隣室のベッドへそっと下ろされる。

遥斗がスタンドライトを点灯させると、ベッド上の二人だけがぼんやりと浮かび上がった。遥斗は着ていたシャツを脱ぎ、引き締まった筋肉で覆われた上半身を露わにする。上腕や胸板は隆起して逞しく、張りのある肉体と精悍《せいかん》な顔立ちに里穂は視線を外すことができないでいた。

「まっ、待って。昨日は酔ってたから……」

「おい、里穂。俺が初めに言ったことを覚えているか？」

獲物を狙うような猛獣の眼差しに心がロックされ、逃げるという選択肢は失われてしまった。里穂はただゆっくりと頭を横に振るしかない。

「今夜はアルコールがないから大丈夫だろう？　昨日は最後まで辿《たど》り着けなかった。きちんと記憶してもらわないと困るんだよ。これは復讐《ふくしゅう》だから……」

横たわる里穂に覆いかぶさり唇を重ねると、昨夜の記憶が呼び起こされ、体の深部からゾクゾクと卑猥《ひわい》な感覚が蘇《よみがえ》る。甘い痺《しび》れを思い返すと、すっかり抵抗する自信をなくし、快楽の海に溺れたくなった。遥斗の舌先は容赦なく押し入り、口中を漁ろうと動き回る。

「んっ、むはぁっ……」

濃厚なキスに圧倒され、されるがままに口を開けていると、お互いの唾液を混ぜ合わせるような粘膜が絡み合う音が耳を占拠する。その音は淫らな情景を連想させ、戸惑う里穂に興奮を与えた。

吐息と共に遥斗の唇で口を塞がれ、生温かい舌が逃げようとする里穂の舌を絶え間なく追いかけてくる。

「やぁっ……」

「逃げるなよ」

悩まし気な感触が心を溶かし、下腹部がキュウッと収縮する。

激しく口中を荒らしたかと思うと、今度は尖《とが》った舌先で優しく口蓋や歯列を刺激し、ますます里穂の理性を麻痺させていく。

「ふぁぁ……」

何だろう、この感覚。口の中をなぞられているだけなのに、こんなに気持ちいいなんて。

いつしか身体の中心部は激しく燃え、じんわりと蕩《とろ》け始めた。与えられた刺激にこらえ切れず、声にならない吐息が唇の隙間から漏れ出してしまう。

「はぁあっ……」

すると急に舌先の動きが止まり、唇が離れた。目を開けるとすぐそこに遥斗の視線があり、息のかかるほどの距離から力強い目つきで、こちらの様子をうかがっている。

「いいよ、里穂。もっと感じるままに声を出してごらん」

「でも……こんなの、どうしていいか……」

「心配するな。すぐに考える暇がないほど、気持ち良くさせてやるから」

遥斗が再び里穂の鎖骨の辺りに体を沈めると、首筋に舌を這《は》わせ、ルームウエアの裾から手を滑り込ませる。胸を晒《さら》すように捲《まく》り上げると、カップの上から手のひらを添え、膨らみ全体をふわっとしたタッチで触れていった。

ここから先は里穂にとって未知の世界で、いつしか期待と不安の間で揺れ動いている。

遥斗が里穂の背中に手を伸ばしてホックを外すと、いとも簡単にブラを取り払い、二つの膨らみが露わになった。里穂は慌てて両手で覆い隠す。

「やっ、嫌だ。見ないで……」

「その言葉には従えないな。これから先、俺は里穂のことをすべて確認させてもらうから」

遥斗は嬉しそうな表情を浮かべ里穂の両手首を掴むと、万歳させるような形でベッドへ押さえつけ、鋭い視線を向けた。ライトの灯りに浮かんだ里穂の二つの膨らみは、怯《おび》えるようにうち震えている。

無防備な姿を遥斗の前に晒していると考えただけでも恥ずかしいのに、なぜか妙な興奮に包まれていた。ますます彼の瞳に惹《ひ》きつけられ、おかしな感覚に惑わされていく。

「はっ、遥斗は鍛えてるから堂々と見せられるでしょうけど……私にはそんな自信ない」

遥斗はフッと頬を緩ませ、優しく呟《つぶや》いた。

「そんなことを気にしていたのか？　里穂の胸は艶やかでとても綺麗だ。それに俺は大きさや形になんか興味ない。ただ、里穂の隠されている部分だと思うだけで興奮するよ」

遥斗は手を伸ばし直接乳房へ触れた。指先が膨らみの先端をかすめ、一瞬里穂の身体がビクンッと跳ねる。遥斗はその頂に指先を立て優しく転がし始めると、すぐに柔らかな曲

線上には、硬く尖らせたルビーのような乳頭がツンとそそり立った。

「んんっ」

里穂は強い刺激に耐えきれず、体をくねらせる。

「あぁ～っ。そこばっかり、だめぇっ」

「いい声だ。もっと困らせたい」

「……やぁっ……っく……んぁぁっ」

我慢しきれず嬌声《きょうせい》を上げた瞬間、遥斗が体を屈めて二つの膨らみに顔を寄せた。いっそう敏感になった先端を咥《くわ》えると、舌先で絡めて軽く歯に押し当てる。指先で弄られている時とは感覚がまるで違い、抑制できない濃厚な痺れに戸惑いを覚えた。

「そんなっ……あぁっ！」

腰が浮き上がるほどの快感が全身を突き抜け、汗がじんわりとにじみ出る。

遥斗は舌先と指先で同時に小刻みな振動を与え、里穂の快感スイッチを押し続けた。何が起きたのかわからないくらいの衝撃と閃光《せんこう》が視界の中で広がり、身体を反らす。

「んはあぁぁっ……」

これ以上舌先で弄ばれたら、意識が遠のいておかしくなりそう……。

「いい表情だ。もっと覚えてもらおうか？」

ボトムスに手を掛けると一気に引き剝がした。ショーツ一枚だけの姿に、里穂は膝を立てて身を縮める。遥斗は足首を摑み、自らの体を入れて足を開かせると、隠れた獲物を探るかのように手を伸ばした。ショーツの上から柔襞《やわひだ》のラインを指先でそっと撫《な》でると、里穂は下肢を一瞬ヒクつかせた。

「ひゃっ……」

「外まで湿ってる」

遥斗はニヤリとしてその指先を舐《な》めた。そして温かな指先でショーツの上から何度もなぞり、緩やかにほぐし始める。その途中、下腹部全体まで響くような箇所があることに里穂は改めて気づいた。遥斗はその硬く膨らんだ蕾《つぼみ》ばかりを狙い刺激する。ビクンビクンと媚肉《びにく》が反応し、太腿《ふともも》がわなわなと震えた。里穂は身体の奥で何が起こっているのかが理解できない。

「あぁっ……だめっ。そこ、やめて……あぁぁんっ」

「やめるわけにはいかないな。身体の方が素直に反応してる」

低い声で通告されると諦めに似た感情が支配して、抵抗する力をなくす。遥斗の言う通り、さっきからどうしようもなく体の奥が疼《うず》き、隠しようがない。

するときちょうど意地悪な指先がショーツの脇から滑り込み、最も敏感な秘裂に直接触れた。

「んぁっ！」

一瞬ズキンと衝撃が走り、腰が砕けそうになる。指先が、小刻みに揺れる襞の奥を少しずつ探り出すと、湿った沼の中へクチュンと音を立て、ゆっくりと沈み込んでいく。

「ふぁ～んっ……待って、あぁんっ」

「いいよ、里穂。俺の手でもっと乱れて」

あれだけ逞しく力強そうな体をしているのに、触れ方はすごく繊細で優しいなんて……。

味わったことのない快感を与えられ、恥じらいの気持ちはすでに手放していた。

ごつごつとした遥斗の太い指が次第に浅く深く抽送を繰り返し、最も深い場所へ辿り着こうとしている。

「はぁあんっ……あぁあんっ……あぁぁっ――」

里穂は抑えられない声を止めようと、口元に手を当てた。遥斗の空いている手が里穂の手首を摑み、それを制止する。

「だめっ……声、出ちゃうから……」

「いい声だ。もっと聞きたい」

遥斗は濡《ぬ》れて張りついたショーツを少しずつ下げると、里穂が足をばたつかせている間に、スルリと脱がせてしまった。

「いやっ……見ないで」

里穂は急いで立膝をして隠そうとするが、遥斗の位置からは密やかな場所が露わになってどうする術もない。

「里穂も俺を見て」

自らもボクサーパンツを脱ぐと、逞しい男性のいきり立つものを曝《さら》け出した。

男性の平均的なサイズは知る由もないけれど、どう見ても普通より大きそう。あんなに太いものをいきなり挿入されたら……。

「遥斗……、これ以上続けたら……私の体、どうなっちゃうの？」

「心配するな。初めは少しきついかもしれないが、一度覚えたら欲しくてたまらなくなる」

遥斗は指先をぬかるんだ蜜壺《みつつぼ》に浅く沈めると、グチュグチュと淫らな音を響かせ、里穂の体内をほぐし始める。すると、すぐに蕩けるような感覚に引き戻されてしまった。

「あぁぁんっ……はぁぁんっ……はぁぁっ……」

「初めてとは思えないほど熱くて中がトロトロだ。これなら少しずつ入れていけば大丈夫だろう」

遥斗が唇を重ね、里穂の舌を絡める。同時に指の太さとはくらべものにならないくらい大きな熱い塊が、さっきから疼いて仕方のない柔襞を押し広げていく。クチュリと淫靡《いんび》な音を立てながら、少しずつ割り込んだ。気持ち良さと同時に、拡張するような鈍い痛みが走る。

「んんっ……くっ……」

その声を敏感に受け止めるように遥斗の動きが止まり、ゆっくりと引き抜いた。

「どうした、痛いか？」

「……だって……こんなに大きなもの……」

遥斗の瞳が近づいて、心配そうな表情をこちらへ向ける。

「最初から言ってるだろ？　乱暴なことはしないって。ただ里穂が俺の体を記憶してくれればそれでいい」

引き抜いた剛直を里穂の恥丘へ近づけると、ゆっくり動かし、陰核を刺激するように撫で上げる。遥斗はベッドに手をつき里穂と視線を絡めたまま、下腹部を強く押しつけてきた。視線が合うと、すぐに唇を塞がれた。しばらくリップ音を響かせると遥斗が腰を落とし、再び挿入を試みる。

遥斗は熱を保ったままの先端を濡れそぼった蜜口に浅く埋め、里穂の膣襞《ちつひだ》を広げようと優しく愛撫《あいぶ》した。何度かヌチャッとぬかるんだ音をさせると、広がった隘路《あいろ》に窮屈な感覚を覚えながらも徐々に彼のものを受け入れ始める。

「んんっ、はぁ～ん……」

「上手だよ、里穂。力を抜いて、もっといやらしくなってごらん。ほら、こんなにも奥からどんどん溢《あふ》れてくる」

低い声で囁《ささや》かれるたびに、脳裏に卑猥な映像が浮かび、ますます陶酔の海にさまよう。

「あぁ～ん……くっ……」

「いいよ、里穂。中が溶け出して締めつけが強い。まるで俺を迎え入れてくれるようだ」

遥斗の侵入は少しずつ深さを増していく。

「里穂……すごく気持ちいいよ……どんどん奥へ呑《の》み込まれる」

水気を帯びた音が室内に反響し、狭く苦しい感覚と悩まし気な悦びの感覚が重なり合

い、次第に何かが込み上げる。

「……いや、遥斗。待って、もうっ……はぁぁんっ」

快楽に委ねてしまった体はもっと強い刺激を求め、遥斗の上半身にしがみついた。窮屈な感覚が弱まり、徐々に迫る抑制できない濃密な痺れ。次第に遥斗の屹立《きつりつ》は速さを増し、激しく腰を動かすと、里穂の体を大きく突き上げた。

その瞬間、遥斗の上半身が大きく波を打ち、里穂は追い詰められる。

「はぁんっ……はぁぁっ……やぁぁんっ！」

「里穂、これ以上はもう限界だ……あぁっ……うっ」

遥斗は軽いうめき声をあげると里穂の首元に顔を埋め、覆いかぶさる。耳元に遥斗の吐息がかかり、一瞬里穂の体がビクンと反応して身体の中心に生温かいものが広がった。

遥斗はゆっくりと腰を引き里穂の体に身を委ねると、しばらくお互い動くことができない。熱い塊を引き抜いたはずなのに、湧き上がる歓喜と甘く切ない余韻が全身に残る。

「はる……」

「今夜の里穂のこと、一生覚えておくよ」

お腹まで響くような低音ボイスが耳奥にこだまする。初めて体験する心地良さにぼんやりとし、全身の力は抜け、意識が次第に遠のいてゆく……。

翌朝目覚めると、もう仕事へ出かけたのだろうか、ベッドに遥斗の姿は見当たらなかった。

昨夜のことは夢……なわけないよね？

ベッドサイドに一枚のメモが置かれている。

《気持ち良さそうに眠っていたから起こさないで出かけるよ。さすがに俺の体、覚えただろ？》

文章を読みながら頬が熱くなってくる。

なっ、何が俺の体なのっ！

覚えるも何も、忘れることの方が難しい。起きた瞬間から、ずっと昨夜のことが頭の中をグルグル回って混乱が収まらないのだから。

指が、胸が、唇が……うわぁぁん、すべてが恥ずかしすぎる。


立ちくらみを覚えながら会社へと向かった。朝食ミーティングのことを考えるとますます頭が痛くなってくる。

このまま遥斗のことを素直に報告していいのだろうか。でも、思い出すだけで顔から火が出そうだし、意見を求められても冷静に答えられる自信がない。報告するだけでも気が重いのに、出資者相手とミーティングだなんて責任重大だ。

朝から部署内での話題はもっぱらアプリのことだった。カップリングが進んでいる様子を聞くと、ますます焦りが募る。

あぁ～、どうしよう……。

休憩室で頭を冷やそうと席を離れた。廊下を歩いていると、急に背後から声がかかる。

「鈴河さん！　広報宣伝部の鈴河さんだよね？」

「はい。えっと……確か、名前が……」

「小田渉《おだわたる》です。だいぶ前に話しただけだから」

「ご、ごめんなさい。小田さんでしたね。お久しぶりです」

突然呼び止められて一瞬驚く。小田とは確か一年ほど前、つきあいで参加した飲み会の時、少し話をしただけの間柄だった。こちらの名前を覚えていてくれたなんて意外に感じる。人事部の小田は三歳年上で、サラサラ髪の短髪にくっきりとした二重瞼《まぶた》の、優しそうな印象の男性だ。ただし彼の身長は里穂とほぼ同じ高さで、好みのタイプではない。傷つきたくない気持ちがどうしても抜けず、自然と身長の条件をフィルターにかけてしまうからだ。

「ちょっとだけ話をしていい？」

人気のない共用階段に呼ばれ、あとをついて行く。

「宣伝部はアプリ強制参加なんだって？」

「そうなんです……。そろそろ報告しないとなので焦ります」

「僕も昨日登録したばっかりで、上司からもなるべくマッチングしろって。どこの部署も同じだよ」

小田は雑談をしながらも、どこか物言いたげに視線を逸らす。

「あのさぁ。もし、まだ決まった相手がいなかったら、僕とマッチングしないか？」

「えっ⁉」

いきなりされた提案に動揺した。まさかそんなことを言われるとは思ってもみなかったのだ。

「お互い焦ってもうまくいかないだろ。とりあえず会社側にはマッチングしたことを報告して、イベントまでに見つかればその相手とつき合えばいいし。最悪見つからなかったら僕でどうかなって」

急な展開すぎて、頭が追いつかない。どう判断すればいいんだろうか。

「僕だと嫌かな？」

「そ、そんなことないです。ただ、小田さんのことをまだよく知らないし、私なんかじゃなくても……」

「きっかけがないと鈴河さんのことを誘えないから。実は前から気になっていたんだ」

照れながら遠慮がちに話す彼に、ちょっと親近感が湧いた。遥斗の強引に迫る態度とは違い、穏やかな物腰をしている。

それでも、この提案を気軽に承諾していいのだろうか？　仕事とはいえ、やはり好意を抱いた人とおつき合いしたいのが本音だった。

「嫌だな、あまり深く考えないで、友達の延長だと思ってよ」

にこやかに話す優しそうな小田は、男友達として話すには抵抗感がない。確かに、友人としてなら気軽につき合うこともできるかもしれない。

「そうですね。実は報告書のことでずっと悩んでて……名前を書ける相手も思い浮かばないままイベントを迎えそうだなって」

「それならタイミングがピッタリだよ。僕のことなら好きなように書いてもらって構わないからさ」

小田は、さも決まったことのように嬉々《きき》として話を進めようとしている。

「それなら、イベントが終わるまでの期間限定で、どうかな?」

里穂は小田の強いアプローチを受け入れる覚悟を決めた。

「わかりました。それじゃあ、お願いします」

「ホントに⁉　良かった！　すごく嬉しいよ」

満面の笑みで小田が頷《うなず》き、約束が成立する。アプリのニックネームを教え合い、お気に入りを示すハートマークを送り合うことで合意した。

「せっかくだから、知り合ったお祝いに、今夜食事でも行かないか?」

「食事……ですか」

遥斗と一緒に生活してからは友人との外出も控え、本当に囚われの生活をしていた。せっかくこうして誘ってくれているのだし、会社の子と女子会があるとでも言っておけば、バレないはず。

「いいですよ」

承諾した瞬間、小田がこぼれるような笑みをこちらに向けた。まるで契約のようなつき合いだけれど、報告書の悩みが解消されただけでもちょっとした進歩だ。


仕事終わりに、会社から少し離れたイタリアンレストランで待ち合わせることになった。二人とも社内の噂《うわさ》になることは避けたいという意見が一致したからだ。

注文したワインとピザが運ばれ、お互いのグラスを合わせて乾杯し、口に含む。

「そう言えば、アプリ使ってみてどうだった？」

「私は背が高いので、実際会った方の反応が気になってしまって……。業務命令じゃなければ使わないと思います」

「実は僕も苦手なんだよね。会った時に拒否されたらショックだなぁって」

身近に同じ悩みの人がいることに驚き、小田に共感を覚えた。

事情をよく知る彼が相手なら報告書に書いても問題なさそうだし、明日のミーティングでは気軽に答えられるかもしれない。

声をかけてもらったおかげで、今までの悩みが一気に軽くなった。


気分良く帰宅してから入浴し、リビングでテレビを見ていると、背後に気配を感じた。

「ずいぶんと女子会が楽しかったようだな」

脅しているような低い声と、探るような質問の内容にドキッとする。

「う、うん。久しぶりに弾けてきた～」

目が合うと嘘《うそ》がバレそうなので、振り向かないまま軽く返事をしておく。

すると、遥斗の右手が里穂の首筋にそっと触れてきた。また毒牙にかかりそうな予感がして、大きな声を上げる。

「あっ、あの、明日は仕事で朝早くホテルへ行かないとなの。だから、もう寝よっかな」

「それなら手短に済まそうか？」

「なっ……」

遥斗の手が里穂の顎を持ち上げ、遥斗の方へと向かされる。視線を合わせようと大きな体を屈み込んで顔を近づけてきた。ムリにキスでも迫るのかと構えていたら、ちょっとむくれたような表情を浮かべている。

「俺と一緒に過ごすより、飲みに行った方が楽しいのか？」

「もしかして、拗《す》ねてるの？」

そう尋ねると、遥斗の顔がみるみる赤くなった。

「明日は朝が早いんだろ。早く寝ろよ」

それ以上何もせず自分の部屋へと戻っていく。案外あっさりと引き下がったので拍子抜けしてしまった。普段から平然と振る舞う遥斗が、里穂のちょっとした指摘で動揺した様子を見せるなんて。

いつも強気で詰め寄るくせに、あんな表情もするんだ……。

拗ねているのを認めようとしないところが、何だかちょっと憎めない。

今夜は何事もなくてホッとしている反面、どこか淋《さび》しく感じている自分もいた。毎日遥斗に誘惑されて、もしかして里穂自身の感覚もおかしくなっているのかもしれない。

自分の気持ちに疑問を感じつつ、一人ベッドへ向かった。


翌朝はよく晴れて心地のいい天気。早く起きた里穂は身支度を済ませ、慌ただしく玄関へと向かった。遥斗は、まだ仕事へ出かけていないようだ。彼に構わず先に家を出ることにした。


遅刻しないよう早めにホテルへ到着する。会食はホテルの五十三階にある展望レストランの個室で行われる予定だ。

先方から重役が来ると聞いて、多少服装に気をつけた。グレーのパンツスーツを身に纏《まと》い、緊張の面持ちで会食のある個室へと向かう。

景色が一望できる室内には、向かい合わせにテーブルが並び、広報宣伝部の部長、アプリ開発部の部長やスタッフが座る。アプリ体験者の代表は、営業部の男性と里穂の二人だけだった。

緊張から食事が喉を通りそうにない。始まる前から鼓動が激しく騒ぎ、口の中が渇く。

開始直前にTSAグローバルの重役たちが五名入室してきた。その顔ぶれを見て、息が止まりかける。

中心にいるひときわ背の高い男性、それは紛れもなく遥斗本人だった。

――ど、どうしてここに⁉

遥斗は完全に仕事モードで、こちらに視線も合わせずラングルの幹部たちと挨拶を交わすと、すぐに着席した。

予定通り食事会がスタートする。せっかくおいしそうなホテルの朝食が並んでいるのに、こんな状況だとますます喉を通りそうにない。

ラングル側の進行役が始まりの挨拶を簡単に済ませると、遥斗が口を開いた。

「今回は新しいAIプログラムでスタートした『Mプロミス《マリッジ》』の体験談を聞き、懇談したいと思い参加者を呼んでいただきました。初めてアプリを使った時の感想はどうでしたか？　まずは鈴河さん」

資料を見つめながら平然と苗字で里穂の名を呼ぶ。すると、参加者の視線が一斉にこちらへと向けられた。

「はい。登録の際に少し時間がかかり手間取りましたが、画面の指示で相手を選ぶまでのアプローチがしやすかったのと、プロフィール画面が充実していて見やすかったです」

こんな状況で答えるとは思ってもみなかった。普段以上に緊張して、声が震えてくる。

「そうですか。ところで……気になる方とは出会えましたか？」

さっきまで普通に会話していた遥斗の目が、試すような鋭い視線に変わる。

「え、えっと……まだやり取りしている最中なので……。これから頑張ります」

苦し紛れに答えると、遥斗が意味深な視線をこちらへ送り、微笑みかけてくる。その顔がとても意地悪そうに見えてちょっと腹立たしい。

こちらに笑顔を向けたまま、さらに質問を重ねてきた。

「AIの提示する成婚確率についてはどうでしたか？　役に立ちそうですか？」

「確かに参考にはなりますけど、やはり実際会ってみないと……」

ま、まずっ……!!　相手が遥斗だっただけに、つい本音で答えてしまった。

室内が水を打ったように静まり返っている。社内の人間が、一斉に里穂へ冷ややかな視線を送っているように感じた。

発言について特に上からの指示は出ていないけれど、ビジネス上の忖度《そんたく》も必要だったらしい。

「そうですか。画面やデータ上の印象と会った時の印象は、どうしても相違することがありますよね。時にはAIに頼らない感覚も、婚活には大切な要素ですからね。鈴河さん！」

遥斗が里穂の意見をフォローしてくれる形で質問は終了した。ホッとした瞬間、TSA側のスタッフに女性が混じっていることに気がつく。

遥斗のことばかり集中して存在に気づかなかったけど、綺麗だなこの女性《ひと》。

長い黒髪をまとめ上げ、シックなグレーのスーツ姿で、フチなしメガネをかけている。

優秀そうな色気の漂う女性だった。彼女は、こちらの会話を聞きながら、ずっと何かメモを取っている。そして、それ以上に気にかかっているのは、遥斗の役職だった。

どうやら偉い人みたいだけど、いったいどんな役職に就いているのだろうか……？

疑問は解消されないうちにミーティングは終了し、TSA側の人間が帰り支度を始める。

すると宣伝部の部長が遥斗の方へ近づき、親しそうに声をかけた。

「先日は遅くまでつき合わせて申し訳ありませんでしたね、高城《たかしろ》専務。そうだ、今度ゴルフでも一緒にいかがですか？」

「そうですね。タイミングが合えばぜひ」

せっ、専務⁉　はっ、遥斗が、TSAの専務なの……？

「鈴河君。先方がお帰りになるそうだよ！」

部長の声で我に返った。呆然《ぼうぜん》としているうちに里穂以外は見送りのために立ち上がっていたらしい。慌てて席を立つ。

「すっ、すみませ……ぁっ‼」

勢いよく立ち上がる瞬間、手が当たって目の前のグラスが倒れた。入っていた水がこぼれ、斜め前に座っていた綺麗な女性の方へと広がっていく。

視線をそちらへ向けると、なぜか目が合い、こちらへニコッと微笑みかけてきた。その笑みに思わずドキンとする。

「すぐに片づけますので」

入り口付近にいたホテルのスタッフが近づき、声をかけてくれた。ただでさえ高身長で人目を引くのに、慌ててかえって目立つことになってしまった。

だから参加したくなかったのに……。

すべてが終了すると、たった一時間ほどの会食だというのに、もう全身がクタクタになった。疲労感で、今すぐ帰ってベッドに入りたい。

会社に戻ってからも、朝のモヤモヤで仕事がうまく回らなかった。コピーの部数を間違えたり、違う部署にメールを送ってしまったりで散々な一日となる。

もう嫌だ。あれもこれもすべて遥斗のせいだ！

家でも会社でも遥斗のことで頭がいっぱいになっている。これが復讐っていうのなら、あながち間違っていないのかもしれない。

レジデンスに帰ると、同じタイミングで帰宅した遥斗とバッティングした。

「まさかＴＳＡの専務だなんて、ひと言も教えてくれなかったじゃない。どうして黙ってたの⁉」

「わざわざ言う必要もないだろ。母親の再婚相手が偶然会社を経営していて、俺はたまたまその家業を継ぐことになった。それだけだ」

「それだけって……」

遥斗にとっては、輝かしい地位や仕事、豪華な住まいも至って普通のことなのだ。

それに、里穂のことだって……。

「若くしてこんな場所に住んでいる理由がよーくわかった。私を囲ってイジメるのも、きっと暇つぶしなんでしょ？」

「イジメてる？　俺はいつも里穂を優しく扱っているつもりだが」

「ねぇ、遥斗。もう許して欲しいの。復讐って言っても、どうせ私はお金持ちの遊び道具みたいなものでしょ？　ここに私がいても、お互い得るものはないし、遥斗だって……もし本当に好きな人ができたら困ると思う。それに、私……」

このままだと遥斗のことばかりを考えて、神経がまいってしまいそう。心まで奪われないうちに、早くここを離れたい。

「だめだ。まだ何も果たせてない」

遥斗の手が腰の辺りに伸びて、否応なく腕の中へと引き寄せられた。まだ帰宅したままの恰好《かっこう》なのに、ジャケットを脱がせようとボタンを外してくる。

「ちょっ、ちょっと待って！　まだ着替えてもいないのに……」

このままだと、またベッドへ連れて行かれる。

その時、里穂のスマートフォンからメッセージを知らせる着信音が鳴った。

「離して、仕事の連絡なのっ。イベントのことで先輩から連絡が来ることになってて」

遥斗の腕からムリヤリ抜け出し、スマートフォンを手にする。ディスプレイをチラッと見ると、メッセージを送ってきた相手は小田だった。

「メッセージを送ったら、すぐにごはん作るから。遥斗は先にシャワーでも浴びてきて」

そう伝えて自分の部屋へ駆け込んだ。ドアを閉め、一息ついてからメッセージを確認する。

《こんばんは。もし来週時間があったら、また飲みに行きませんか？》

小田がタイミングよくメッセージを送ってくれたことで救われた。遥斗との生活は刺激的でドキドキする毎日なのだけれど、いつもこんな風に迫られていたら、とても心と体がもたない。それに時々、遥斗にされた行為を思い返し、どこかゾクゾクするものを感じていた。

思い出しては興奮を覚える自分は、もしかしてちょっとおかしいのだろうか？

煽《あお》られ、焦らされ、絆《ほだ》される毎日。このままいくと、普通の恋愛だけでは満足できなくなりそうだった。

すぐに小田の元へ《楽しみにしてます》と返信する。

しばらく我慢して過ごせば、遥斗は自分に飽きるはずだ。台風のようなこの生活を、何とか乗り切ろうと決意した。

アプリの体験報告書は月に一度の提出を求められている。とりあえず報告書には小田との進捗を書くことができて安堵《あんど》していた。

ランチの時間になると、お弁当を広げるや否や万智が興味津々に尋ねてくる。

「里穂、最近楽しそう。顔合わせした彼と、何か進展があったの？」

「そ、そんなんじゃないよ。ＡＩが選ぶ相手にも色々なタイプの人がいるから、まだはっきり決められなくて。ちゃんとカップリングできたら報告するね」

「何よ～。もったいぶっちゃって」

今、このタイミングで小田との関係をバラしてしまうと、あっという間に噂が広がってしまう。つき合うことがはっきりするまでは、もう少し黙っておかないと。

今夜は小田と約束をしている日だ。念のため、遥斗にメッセージを送っておくことにした。

《仕事関係の人と会うので、食事を外で済ませます。今夜は帰りが遅いかもしれません》

退社時間になり、待ち合わせているチェーン店の居酒屋へ向かう。

駅の近くにある飲み屋街で、店内に入ると中はすでに多くの客で賑《にぎ》わっていた。奥の席から小田がこちらに優しく微笑みかけてくる。明らかに遥斗とは違う人種らしい。遥斗は、こんな風に穏やかな表情で里穂を出迎えない。大抵何か企んで意地悪そうな笑いをしてるのだから。

「どうしたの、鈴河さん？」

「えっ⁉ なっ、何でもないです」

せっかく別の男性と会っている最中に、危うく遥斗のことばかり考えるところだった。

それから一時間ほど経って、小田がジョッキの中身を空にする頃には、遠慮のない視線が里穂に向けられていた。どことなくやりづらくて、話題を振ってみる。

「そっ、そう言えば、報告書って書きました？　ホント、小田さんに誘われてなかったら、今頃まだアプリにかじりついて、半泣きでした」

「僕も、鈴河さんにOKもらえなかったら、登録しただけで諦めていたかもしれないな」

「お互い、現代の波に乗り切れないタイプなんですね」

二人の共通点に少しだけホッとした。翻ろうされてばかりの遥斗との関係とは大違いだ。

すると、急に小田が真顔になって口を開いた。

「実は、以前つき合っていた彼女に散々振り回されて、別れてしまったんだ。だから今度は慎重に恋愛したいと思ってる」

社内の友人から聞いた話によると、小田は数年前に途中から入社した転職組だったらしい。彼の人柄や経歴についてはほとんど知らないし、親しくなるには、まずお互いのことを知る必要があると感じていた。

「私は、以前つき合っていた人に身長のことを言われて、ちょっと傷ついちゃって……」

「鈴河さんに嫌な思いをさせるなんて、許せないな。僕だったら、身長のことなんて全然気にならないけどなぁ」

「そう言ってもらえると、嬉しいです」

お互いの打ち明け話をして、少しだけ距離が縮まったような気がした。

先日の遥斗との件もあり、なるべく飲む量をセーブしていたはずなのに、店を出る際には少し足元がふらついてしまう。

「肩を貸そうか?」

「だ、大丈夫です」

小田は里穂の断りも聞かず、背中を支えて駅まで歩き始めた。

途中、スクランブル交差点で信号が赤に変わり、しばらく足を止める。夜風が涼しく感じ、次第に酔いも冷めてきた。

「あのさぁ、僕たちこのままつき合わない?」

「えっ……!?」

「鈴河さん、かわいいから諦めていたんだ。でもお互い話も合いそうだし、どうかな?」

急な告白にどう答えていいのかわからず、足元を見つめた。

「あぁ、すぐに返事をしなくてもいいよ。そのつもりで考えてくれたらいいから」

「……はい」

駅に到着し、駅ビルの明るい光の元で背中を抱かれていることに違和感を覚えた。

「あ、あのっ……自分で帰れますから、もうここで大丈夫です」

体を離そうとすると、小田は慌てて里穂の背に回した腕を引っ込めた。

「本当に大丈夫? 自宅近くまで送ってあげようか?」

「い、いえ、もう酔っていないので。コンビニへ寄って帰りますから、ここで失礼します」

軽く頭を下げて、駅を離れた。このまま小田と一緒に帰り、レジデンスの最寄り駅を教えるわけにもいかない。それからしばらくして地下鉄に乗り込んだ。


レジデンスへ辿り着き玄関を開けると、遥斗が玄関先でスマートフォンを手に部屋をウロウロしていた。

「た、ただいま。どうしたの……？」

「今日はずいぶんゆっくりだったな。仕事の話は順調に進んだのか？」

そうだった……。今日は仕事関係の人と飲んだことになっていたんだ。

「う、うん。アプリのこととか、社内状況とか、色々参考になったよ」

実際会ったのは会社の人だし、アプリの話もしているし……嘘はついていない。

「普段どこの店へ飲みに行ってるんだ？　仕事関係ってアプリ開発部の連中か？　それとも同じ部の仲間なのか？」

「ど、どうしてそんなことまで気になるの？」

遥斗が焦ったような様子で尋ねてくる。まさか玄関先でずっと待っていたのだろうか。

「仕事のわりに、楽しんだように見えるけどな」

鋭い指摘に冷や汗が出そうになった。まるで里穂の行動すべてを監視してるのではないかと疑うくらい、よく観察している。

「そ、そんなことないよ。やっぱり疲れちゃうよね～。仕事終わりに会社の人と飲むのって～」

取ってつけたように、わざと伸びをしながら疲れているフリをしてみた。こんな芝居をしてまで遥斗に気を使う必要があるのだろうか。

「お風呂入ってくるね」

バスルームに入り、鏡を覗《のぞ》き込んだ。そこにいたのは、どこか楽しげな表情を浮かべる自分の姿だった。お酒を飲んだ直後だから、血色が良くなっているだけなのかもしれない。告白を受けて、どこかフワフワしている自分と、遥斗に監視されてドキドキしている自分がいて、どれが本当の気持ちなのか今の里穂にはわからなかった。

一時間近くのんびりお風呂に浸かってリビングへ戻ると、すでに遥斗の姿はそこにない。いつもの遥斗なら里穂に迫るため、ここで待ち伏せしているはずなのに。

もしかして、そろそろ諦める気になった……とか？

遥斗とのこんな不安定な関係が、いつまでも続くとは思えなかった。気持ちが定まらないままベッドへ向かうと、すぐに意識が遠のいた。

ここ数日、遥斗は仕事が忙しいのか、深夜に帰宅することが多い。そのため夕飯も外で食べ、顔を合わせてもすぐに寝室へ行ってしまう日が続いていた。

それとは逆に、告白されて以降小田からのメールが頻繁に届き、何度も誘われている映画へ出かけることになった。

小田と約束していた日曜日、すっかり涼しい秋の気配が訪れ、先に出かける準備を始めたのはなぜか遥斗の方だった。このところ忙しいせいか、里穂に絡むこともあまりない。今日もそのおかげで、心置きなく外出できる。

映画は、お互い観たいと意気投合した恋愛作品だった。ところが途中、濃厚なベッドシーンがある内容で、デートで男性と観るには不向きだったと気づく。ヘンに気を使ってしまい、せっかくの映画も楽しめないまま終わってしまった。

遅い昼食を済ませ、近くの商業施設を歩き回ると辺りはすっかり薄暗い。二人で駅へ向かう大通りを歩いていると、人混みの中に遥斗に似た男性とすれ違った。

──そうだ。遅く帰宅して、また詮索されても困るし、早めに帰らないとかも……。

「鈴河さん、せっかくだからこのままどこかで夕飯でも食べようよ」

「あの、小田さん。今日はこの辺で──」

もう帰らないと、と言いかけて駅から来る人の流れになぜか意識が向いた。その人混みの中に、ひときわ背の高い人物を見かける。今度は紛れもなく本物の遥斗だった。

「鈴河さん、どうしたの？」

里穂はその場で固まったまま、動くことができないでいた。

遥斗の隣で歩く相手は、朝食ミーティングで見かけたあの綺麗な女性だった。その女性が彼の腕を軽く叩《たた》き、顔を近づけると、親しそうに会話しながら通り過ぎていく。

その距離感は、どう見ても仕事上のつき合いではなさそうに見えた。

遥斗が自分以外の女性と二人きりで外出していても何もおかしくはない。里穂と正式につき合っているわけではないし、誰と会うのも自由なのだから。

それなのに他の女性と楽しそうな姿を見てしまうと、様々な感情が込み上げて、なぜか心が千々に乱れてしまう。

「本当にどうしたの？　泣きそうな顔してるけど」

「いえ……なんでもありません……」

「この近くに魚介類のおいしい店があるんだよ。そこへ飲みに行かない？」

「――――は、はい」

混乱したまま、小田の誘いに返事をしていた。とても、このまま平常心で帰宅することができない。ショックを覚えている自分に戸惑い、なぜか視界が潤んでくる。

小田はそんな里穂の動揺に気づいた様子もなく、嬉しそうな表情を向けてくる。気づかれないうちに目元をそっと手で拭った。

小田に案内され入ったのは、駅ビルにある最上階のダイニングバーだった。外はすっかり暗くなり、ビルの明かりがきらめき始めている。

カクテルとおつまみになるものを二、三品注文し、夜景が見える窓際の席に、向かい合わせで座った。

「こうして一日デートしてると、もうつき合ってるみたいだよね。いっそのこと、本当にそうしない？」

「え⁉　で、でも……」

小田は里穂に熱い眼差しを送ってくる。

恋愛したいという気持ちはあっても、小田のことが本当に好きなのか、まだ確信が持てないでいた。

かといって、このまま遥斗の思惑に乗せられてしまったら……。

「つき合っていくうちにわかり合えばいいじゃないか。僕のことは少しずつ好きになってくれればいいから、イエスって言って欲しいなぁ」

小田は優しくて人当たりも良いし、外見だって申し分ない。こちらの身長のことは気にしないと言ってくれているし、彼からのアプローチを受け止めるのが一番自然で、幸せなことなのだろう。

だからって……。

「あの、小田さんとは知り合ったばかりだし、自分の気持ちがまだよくわからないので……」

「形だけでもいいんだ。一緒に過ごすだけでも僕は嬉しい。だから、お願いだよ」

小田の必死な様子に、里穂の心は傾いた。

「わかりました。こんな優柔不断な私でよければ」

承諾すると、小田は満面の笑みを浮かべる。

「でも、まだ社内の人には秘密にしてください。うちの部につき合ったことが知れると、大ごとになるので」

「もちろんだよ。僕は鈴河さんを大切にしたいから」

こんな時期に、社内の人とつき合うなんてことになれば、部署内は大騒ぎになる。ましてや、アプリで出会ったことになっているのだから、なおさら慎重に伝えないと。

きっと小田は、きちんと里穂の気持ちを理解して丁寧につき合ってくれるはず。強引に自分のものにしようとする遥斗とは違うのだから。そう自分に言い聞かせた。


小田から住んでいる最寄り駅まで送ると言われ、二人は自宅アパートのある駅で降りた。改札口で別れると、そのままアパートのある方向へ歩く。

しばらく部屋に戻っていない上、遥斗の顔を見る気にもなれず、今日は久しぶりに自宅へ帰ることにした。

《今夜は用事があるので、自分のアパートへ戻ります》

遥斗にメッセージを送信してしばらくすると、スマートフォンがけたたましく鳴り出す。嫌な予感がして電話に出ると、遥斗の第一声は抑揚のない冷たい響きだった。

「里穂、今どこにいる?」

「どこって、もうすぐアパートに着くところだよ。今夜はこっちで寝るから」

「わかった」

その一言で電話が切れた。こんなにスムーズに言い分が通るとは思わず、不思議な気持ちになったまま自宅へ戻った。

部屋の中は、遥斗から急かされて出たままになっていたから、雑誌がテーブルに積まれ、飲みかけのペットボトルがシンクに置かれたままになっている。

ジャケットを脱ぎハンガーにかけ、足元にある洗濯物をまとめていると、ドアをノックする音が聞こえた。ドアスコープを覗くと、遥斗が玄関の外に立っていた。何事かとすぐにドアを開ける。

「いつ俺が戻っていいと言った？」

こちらを睨《にら》むように見つめ、まるで脅すような口調で遥斗が尋ねるが、意外にもその瞳はどこか憂いを帯びていた。

「だ、だって……」

何を伝えればいいのか迷っているうちに、遥斗の足がドアに差し込まれ、強引に体を滑り込ませてきた。遥斗はすぐに扉を閉めると、里穂に詰め寄ってくる。

「今日、どこへ出かけた？　誰かと会っていたのか？」

「遥斗……」

問い詰めるように質問を浴びせ、ためらいながら視線を外す里穂を、遥斗の手が強引に引き寄せた。

「もうやめて。こんなことしたって、意味がない」

体を捻り、懸命に遥斗の腕から逃れようともがいた。遥斗は、さらに強く抱き寄せようと力を込める。

「里穂が俺から逃げようとするからだ。まだ何も許してはいない」

「逃げてなんか。ただ、遥斗といると……」

言いたくても言えない言葉が、心の中で渦巻く。

遥斗だって、あの女性と会ってたじゃない！　このままそばにいると、心が潰れてグシャグシャになっちゃうから……。

「里穂……」

思わず抵抗する力を弱めた。不意に呼んだ彼の声が、どこか寂し気に響いて聞こえる。改めて彼の顔を見上げようとして、また強く引き寄せられた。

「俺のことを忘れてないか、確かめさせろ」

「待っ……」

遥斗は鋭く言い放つと、尋ねる隙も与えないくらい勢いよく唇を塞いだ。舌先を乱暴に押し入れると、激しく口中を探る。

瞬時にあの夜の感覚が呼び起され、足に力が入らなくなった。背中に回されている遥斗の手が、がっしりと里穂の体を支える。逃げ場を失ったまま、さらに激しく口腔《こうこう》内を漁られた。

「あっ……はぁぁっ」

遥斗は足元がおぼつかない里穂の背中を受け止めると、ラグの敷いてある床に押し倒した。里穂の身体へ馬乗りになって抑えつけ、ジャケットを脱ぎ、ネクタイを外す。

「いやぁっ……」

里穂は抗おうと体を横にして身をよじるが、遥斗に肩を掴まれ、うつぶせにされてしまった。がっしりとした彼の腕に上半身を抑えつけられ、もう片方の手でブラウスのボタンを外される。遥斗は背後にのしかかったまま里穂の耳元に口を寄せると、下腹部まで響くような低音で囁いた。

「俺は里穂の身体をすべて覚えている。小刻みに震える唇も、鼻をくすぐる髪の匂いも、切ない表情で悶《もだ》える姿も、全部魅力的だ」

「そんなこと……」

遥斗の言葉に羞恥心を抱きながらも、どこか喜びに似た感情が生まれていた。背後から耳介へ舌先を這わせると、里穂の肉体は抵抗を徐々に弱めていく。

「んんっ……」

遥斗の大きな手が、はだけて開いたブラウスの隙間に差し込まれ、柔らかな膨らみを掴んで揉《も》みしだく。

いつの間にかスカートを捲り上げられ、ストッキングやショーツは片方の足首まで下げられていた。そこへ後ろからワイシャツ姿になった遥斗が、密やかな場所へと指先を伸ばし、湿った襞の奥を突き止めようとする。

「んんっ……んぁぁっ……」

戸惑う間もなく、与えられた刺激を思い出すかのように下腹部がざわめいた。遥斗は耳元に口を寄せ、息を吹きかけると、声を潜めて言い放つ。

「どうやら身体の方は、きちんと記憶してくれたようだ。中は溢れ出して洪水になっている」

「待って、はぁうっ……」

数本の指先を蜜壺へ差し入れると、グチャグチャとかき混ぜ始める。思わず派手な声を上げそうになり、必死で押し殺した。

「んんっ……やぁっ……そんなこと……」

「俺を思い出すまで、里穂を離したくない」

「だって……もう……」

こんな状況、どうしていいのか、わからないのに……。

身体は彼からの愛撫を欲しがるし、頭の中はすでに遥斗のことでいっぱいになっているのだから。

否応なく弄ばれ、抗いたいはずの肉体は、刻まれた悦楽を味わいたくて腰を高く突き上げる。まるでその意思が伝わるかのように、優しく囁かれた。

「里穂の甘えるような声がもっと聞きたい。俺を思い出してくれるよね」

背後から、硬く引き締まった剛直の先端で恥丘を擦り上げ、敏感になって膨らんだ紅い蕾を刺激した。引きずり込まれてはいけないと思えば思うほど下腹部から大きな波が押し寄せ、全身に甘い痺れが広がり始める。

「はぅっ……」

硬くなったものがあてがわれ、押し広げられた感覚がして、すんなりと挿入を受け入れた。前回与えられた以上の愉悦が全身を巡り、体の隅々まで悦びが広がる。

まだ窮屈さを感じるものの、知ってしまった快楽の沼は、溢れ出る蜜でさらに容易に受け入れた。遥斗はゆっくり腰を動かすと、自らの昂《たかぶ》るものを奥深くへと沈めていく。

「……っく……んぁぁぁ〜っ!!」

柔襞を扱くような動作のたびに、狭く苦しい感覚は次第に薄れ、歓喜に似た感情が大半を占めた。満ち足りた気分に、思考はストップし、クチュクチュと抽送を繰り返す音だけが部屋中に響き渡る。

「んんっ……はぁっ……」

震えるような快感に、足をピンと伸ばす。一瞬全身を電流のようなものがバチバチと流れ、世界が崩れ落ちそうな感覚に包まれた。

「はぁぁっ……んんんっ」

うつぶせのままラグに口元を押しつけ声を抑える。

「……って……はる……」

「すごいよ、里穂。中がこんなに蕩けだして、俺に絡みつく」

嵐のような激しい躍動は、遥斗の上下する動きに合わせるように何度も訪れる。遥斗の動きが早くなり、激しさを増していく。

「んんっ、もうっ……はぁっ……」

心地良さに声を張り上げてしまいそうになった。もう耐えられそうにない。遥斗は険しい表情で眉間にシワを寄せ、前回の時よりも激しく腰をぶつけてきた。

「んぁあっ。もう限界なの。おかしくなっちゃうから、だめ…………」

「いいよ里穂。もっと良くなって俺のこと受け止めて。うっ……あぁっ……」

遥斗の太くて硬い塊が荒々しく律動を繰り返し、快楽の出口に向かって突き進む。

「はぁあんっ！」

体は勝手に反応し、大きく波打つと、媚肉がビクンビクンと何度も収縮を繰り返した。全身に浮遊感が漂い、甘い余韻がいつまでも体内に残る。遥斗の太腿が里穂の下肢にぴったりと合わさり、じんわりした汗と共に肌からの熱をいつまでも感じた。

「このままずっと里穂を感じていたい」

里穂の揺れ動く心はいつの間にか支配され、同じことを感じていた。

身体を寄せ合ったまま、遥斗は里穂の髪や耳にキスを落とし、長い息を吐く。すでに肉体は解き放たれたはずなのに、指先一つ動かすことができない。背中の重みを幸せに感じ

ながら、ゆっくりと意識を手放した。

外が明るくなり目を覚ますと、遥斗は朝になる前に帰ったのだろうか、隣には誰も寝ていなかった。

遥斗に抱かれていると、そこから抜け出せない沼に落ちた感覚に陥る。

このまま一緒にいたら私……。

体の隅々まで彼のことを記憶して、時々ふとしたことで思い出しそうになる自分がいた。

そうだ、今夜からここへ戻ろう。すぐに彼の部屋を出ればいいんだ。

遥斗の言う復讐が済んでいるのかはわからないけれど、このままでは里穂の心が支配されてしまいそうで怖かった。

仕事場へ向かうためにオフィスビルのエントランスを抜けエレベーターを待っていると、背後から声をかけられた。

「おはよう！」

「お、小田さん……おはようございます」

明るく挨拶してくれたものの、昨夜の出来事があって、何だか心苦しい。

つき合うことを了承しておきながら、いくら迫られたとはいえ遥斗に抱かれてしまうなんて……。

出社する人の波に押されるように、同じエレベーターに乗り込んだ。目的の階に到着すると、小田の方を振り返らず早々と降りる。
里穂がデスクに辿り着くとすぐにメッセージの着信音が鳴り、画面を覗くと小田からのメッセージが届いていた。
《昨日はありがとう。おかげで楽しかったよ。また行こうね》
《私も、楽しかったです》
そう返したけれど、まだ気軽に話せる間柄ではないし、小田との関係をあまり急ぎたくはなかった。それに、このままだと遥斗のことが頭から離れそうにない。
こんな関係、早くやめないと……。

仕事を終えるタイミングで、また小田からのメッセージが入った。
《今日、一緒に帰りたいな。あと三十分かかるから待ってて。会社前だと目立つから、大通り沿いにあるレストランの前でどうかな？》
《わかりました。待ってます》
メッセージを返して、先に店の前へ到着しようとエレベーターに乗り込んだ。一階でエントランスを出ようとして、視線は目の前に釘《くぎ》づけになる。
そこに立っていたのはスーツ姿の遥斗だった。仕事帰りにここへ立ち寄ったのだろうか。付近に人影がなかったことでホッとする。

こんな場所で出資元の重役と話をしていたら変に思われる。どこで誰に見られているのか、わからないのだから。

「里穂、迎えに来た。一緒に俺の部屋へ戻ろう」

「悪いけど、今日からアパートに帰ることにしたの」

「どうして？　俺はまだ許した覚えはない」

いつものように流されてしまったら、また遥斗の腕に抱かれてしまうような気がした。

その時、エレベーターの到着音がポーンと鳴り響く。

遥斗が里穂の腕を引っ張り、急いでエントランスを出ると、ビルの裏側にある植栽の辺りへと連れて行かれた。

「きちんとした理由を聞かせろ」

遥斗の声は少し上ずったような、怒気を含んだ声だった。

「私、ある男性とつき合うことにしたの。だからもう遥斗のところへは戻れない」

「…………里穂が俺にしたことは許されるのか？」

遥斗は声を押し殺し、険しい顔つきで里穂に尋ねてくる。

「それなら……違う方法で許してもらう。もう、こんな関係で縛られたくないから」

今、きちんと言っておかないと、後戻りできなくなる。

「相手は同じ会社の人間か？」

「そんなこと、遥斗には関係ない」

「里穂はその男が好きなのか？　本気でそいつと、つき合いたいのか？」

なぜか胸にズキンと響く。低い声で責めるように問い詰める遥斗の表情からは、いつもの余裕がすっかり消えていた。

「そう……だよ」

返事をすると、縛りつけていた縄をほどくように、遥斗の摑んでいた手がそっと離れた。

「――――わかった」

遥斗は固い表情のまましばらく沈黙すると、里穂の前から立ち去っていく。

こんな風にあっさりと解放されるなんて、思ってもみなかった……。

心のどこかがギュッと潰れ、なぜかズキズキとした痛みを伴っていることに気づいた。

――何？　この感覚……。

言いようのない寂しさが込み上げて、どこか落ち着かない。その感情に気づかないフリをして、小田に指定された場所へと向かった。


「鈴河さん。お待たせ」

しばらくレストランの前で待っていると、走って来たのか、小田は息を切らして店の前へ到着した。

「ごめん。待った？　走ったら喉が渇いたな。良かったら、今夜もどこかで飲もうよ」

せっかく遥斗から解放されたというのに、今日はとてもそんな気にはならない。

「ごめんなさい。今日は、仕事で疲れてしまって……」

「わかった、また今度。それから呼び方なんだけどね、今度から里穂ちゃんって呼んでもいいかな？」

「えっ⁉　……は、はい」

里穂のことを下の名前で呼ぶ男性は、遥斗しかいない。『里穂』と呼ばれると、つい遥斗の顔が浮かんでしまう。きっと、これからは小田からそう呼ばれることに慣れなくてはならないのだ。

「僕の方は、渉って呼んでもらえたら嬉しいな」

「はい……」

急にそう言われても、里穂の心の中では、小田を下の名前で呼ぶほどの距離感にはなっていない。彼との関係に、まだどこかためらいを感じていたからだ。

「それじゃあ、近くの駅まで送って行くよ」

二人で駅へ向かって歩き出す。

きっともう少し親しくなれば、すんなりと小田を下の名で呼べる日が来るはず。そう自分に言い聞かせ、隣で歩く相手の顔を見つめた。

5　復讐が終わるまでは（遥斗ＳＩＤＥ）

里穂から他の奴とつき合うと宣言され、何も言い返すことができなかった。

どういうことだ⁉　俺は復讐《ふくしゅう》の仕方を間違えたのか？

計画では、この状況で他の男が現れる予定ではなかったはずなのに……。

苛立つ気持ちのままでいると里穂を強引に連れ去り、力づくでベッドに押し倒す衝動にかられそうになる。今の感情で彼女に近づけば、すべてを台無しにしてしまいそうだった。

きっとムリに里穂を連れ戻しても、また自分の元を離れていくような気がした。このまま一人だけの部屋へ帰ると現実を突きつけられ、気が滅入ってしまうに違いない。

今夜は営業部の同年代三人と飲みに行くことに決めた。場所は、会社からすぐ近くの大衆居酒屋だ。店員にメニューを渡され、長居をすると決めて注文をした。

「四人で、飲み放題コースをお願いします」

来年は社長就任という大仕事が控えていた。今も、社内では二代目という冷めた目で見られることもある。そのために必死で業績を上げる努力をしてきた。特に上の世代からは、やっかまれることが多いからだ。せめて同世代とは気軽に交流できるよう、時々こうして飲みに誘っている。

　飲み始めてしばらくすると、営業部でいつもテンションの高い鳥井《とりい》が、ジョッキを抱えたまま嘆くように呟《つぶや》いた。

「聞いて下さいよ。この前、彼女からもう連絡するなって言われたんです。毎日予定を尋ねたり、デートして帰った直後に電話をかけてきたり、疲れるって……。女子はグイグイ来られると弱いって言うじゃないですか。何が悪かったんすかねぇ？」

　どこかで自分の話を盗み聞きでもされているのかと一瞬焦った。鳥井の吐露した悩みの内容が、こちらの状況とまるで被っている。

　難問に言葉を詰まらせていると、白川《しらかわ》がテーブルにジョッキをドスンと下ろした。

「そりゃ追いかけなきゃ、絶対ダメですよ！」

まるで当然だと言わんばかりに、自信家の白川が声を張り上げる。

「今どき、その対応はダメですよ、白川さん。そういう時は、しばらく放っておくのがいいらしいですよ。彼女が本気なら連絡してくるだろうし。自分の意見を伝えたのなら、僕は待ちますね」

　営業部の中で冷静に物事を見極める木田《きだ》が、白川を制して主張してきた。

「例えばの話、彼女に他の男が現れて、嫌がっても追いかけ続けるとどうなる？」

　思わず、木田に向かって質問を投げかけた。

「専務。もしかして、それってガチ相談ですか？」

「いや……。この前、知り合いから相談されて。一般的にどうなのか聞いてみただけだ」

木田は少し不思議そうな表情を浮かべ話を続けた。

「この前、本で読んだんですけど、いったん引いてみると母性本能をくすぐられるらしいですよ」

「あぁ、俺はムリっす。とても待っていられねぇ。その間に、違う奴に持っていかれたらどうするんだよ、木田～」

せっかちな鳥井が割り込んで先に答えた。木田が苦笑いを浮かべている。

「そうか……。やっぱり、やりすぎると嫌われるよなぁ」

しみじみ呟くと、鳥井がこちらの顔を覗《のぞ》き込んできた。

「あれっ⁉　専務、やっぱリアルなんですか？」

「違う、誤解するな。知り合いの話だって言ってるだろ！」

声を荒げると、三人の視線が一斉に自分のところへ集まる。

「よし、次の店でもっと高い酒を奢《おご》ってやろうか。行くぞ！」

いち早く席を立ち、これ以上詮索されるのを回避した。他の連中は渋々あとをついて来る。

このまま何もできないのは辛いが、今は待つしかないか……。

今後は、里穂のことがますます頭から離れないことだけはわかっている。それを紛らわすためにも、しばらく酒量が増える覚悟を決めた。

6　ほどけない糸

　十一月に入り、いよいよクリスマスイベントが近づいてきた。広報宣伝部の準備も日ごとに忙しくなり、残業も増えてくる。

　里穂の担当は、イベント当日に会場で流すアプリ宣伝用の映像を制作することだった。編集画像をチェックしている最中、山野課長から呼び出される。

「昨日の会議で君の報告書を見た部長がさ、リアルな意見を発信したいって言い出して。当日、鈴河さんに体験談をステージ上で語ってもらいたい案が出てるんだけど、どうかなぁ？」

「えっ⁉　えぇ～っ！」

　私がステージ上でアプリについて話すってこと⁉　万が一、相手が小田さんだとバレてしまったら……。

　社内からの圧力がかかり、二人で一緒にステージへ上げられそうで恐ろしくなった。

「絶対にムリですっ！」

　すぐに拒否すると、課長が苦笑いしてウエーブした髪を掻《か》きむしった。

「部長の提案を、俺の立場で断れると思うかぁ？」

「結局、やらないとまずいんですね」

「顔出しはないからさ。被り物とかして、司会者の質問に答えてくれれば充分だから。ねっ!!」

広報宣伝部にいる以上、どうやらこの仕事からは逃れられないようだった。

「はい。わかりました」

今は承諾するしかない。とりあえず返事をしたものの、また問題を抱え込むことになってしまった。

まだ正式につき合ってもいないのだから、これ以上目立つことはしたくないのに……。


あれから遥斗のレジデンスには戻らず、まっすぐアパートへ帰っている。

今のところ彼からの連絡や催促は一切入らない。不思議なくらいの静けさで、何だか怖いくらい。

もう戻る気はないのだから、そろそろ遥斗の部屋に置きっぱなしの荷物を引き取りに行かなくてはならない。それなのに、一度彼の顔を見てしまったら心が揺らぐような気がして、こちらから連絡するのをためらっていた。

メッセージアプリの一覧を見るたびに、遥斗の名前を探してしまう自分に驚いている。これは、かなりの重症らしい。

最近は仕事が大詰めを迎え、深夜に帰宅することも多くなった。小田ともすっかり会う時間がなくなり、あまりにも頻繁にデートに誘われるので、週末に出かける約束を入れた。小田はとてもマメな人で、一日に数回はメッセージを送ってくれる。

《公園に行って、のんびりランチはどう？　できれば、お弁当を作って欲しいな》

《わかりました。いつもご馳走《ちそう》になっているので、簡単なもので良ければ作りますよ》

料理には自信がないので、小田の提案に少し戸惑ったけれど、ご馳走になったお礼も兼ねて作ることにした。

今日のデート場所は、新宿にある広大な公園だ。街路樹は色づき、銀杏《いちょう》の黄色やモミジの鮮やかな赤い色に目を奪われる。

土曜の昼どき、公園内には家族連れやカップルがたくさん来ている。小田は先に到着し、里穂を待っていた。

「昨日も眠れないぐらい、楽しみだったんだ。庭園や花園もあるし、せっかくだから一周しようよ」

小田の意気込みに少し圧倒された。里穂にとって今日のデートは、それほどの期待感を持ってはいない。

「そうですね」

すると突然、小田が里穂の手を掴《つか》み、握りしめてきた。慌てて小田の顔を見ると、にんまりとした表情でさらに強く握られてしまう。

「あ、あの……手が……」

「僕たちつき合ってるんだよ。こういう時に、手を繋《つな》いで歩くのは普通だろ？」

恋愛初心者の里穂にとっては、どれが普通なのか判断できない。しかし、強引に繋がれてしまっては不安ばかりが募ってしまう。ますます積極的になっていく小田の態度にも驚くばかりだった。

公園を一周して散策を終えると急に小田が手を離し、木陰を見つけると、自ら持参したレジャーシートを大きな木の根元に広げた。

「ここがいい。ここでお昼にしよう」

里穂は手を離してもらいホッとした。心を許していない男性からいきなり触れられても、どうしていいのかわからない。

シートの上に二人で腰を下ろし、弁当の中身を披露すると、小田が歓声を上げた。

「おぉっ。すごいうまそう！　食べる前に写真撮ってもいいかな？」

「は、はい。撮るほどのものじゃないですけど……」

同意して頷《うなず》くと、小田はすぐにスマートフォンを取り出し、シャッターボタンを押した。

「せっかくだから、僕たちも写真を撮ろう」

スマートフォンを片手に里穂へ近寄ると、二人で並んで澄ました顔をカメラへと向けた。

弁当の中身は卵焼きやウインナーのおかずと、俵型のおむすび。手の込んだものではないから、あまり絶賛されすぎても困惑してしまう。

「いただきまーす」

小田はさっそく嬉《うれ》しそうに食べ始め、十分もしないうちに完食してくれた。

「そういえば、イベントの準備は順調なの？」

「えぇ。参加者も増えて、盛大なイベントになりそうです。それから、上司からの提案で、イベントステージでアプリの体験談を話すことになったんです。小田さんのことを少し話しますが、名前は出しませんので安心してください」

「僕は構わないよ。というか、むしろみんなに紹介して欲しいぐらいだよ」

「でも、まだそれは……。みんなに周知されると、社内で大騒ぎになるので」

気を使ってくれる小田のことだから、いきなりバラしたりはしないと思うけれど。

「それにしても夢のようだよ。手作りのお弁当を、こうやって一緒に食べれるなんて」

「そ、そんな。これぐらい、大したことでは……」

面と向かって、オーバーに言われると困ってしまう。人から褒められることは嬉しいけれど、本来の自分とはかけ離れた存在として見られているような気がするからだ。

幼馴染《おさななじみ》で悪態もつくことのできる遥斗との関係とは違い、里穂をどこか理想の女性という視点で見ている小田の前では、どこまで素を出していいのかわからない。

昼食を終えると、のんびりと景色を見て回り公園をあとにした。

小田の案内で、公園を出てからしばらく歩き、そこから銀杏並木を通り青山方面へと向かった。大通り沿いにある一軒のオシャレなカフェバーに入る。店内はアンティークの家具が置かれ、古くからある店のようだった。

「ここは僕が昔から通うお気に入りの店で、マスターとも顔見知りなんだよ」

入店すると、小田は親し気にマスターと挨拶を交わした。

もしかして里穂にこの店を紹介したくて、このルートを計画してくれていたのかもしれない。

カクテルの注文を済ませると、マスターがニヤニヤして言葉をかけてくる。

「今日の子もスラっとして、かわいいね」

マスターのセリフに、里穂と小田は一斉にそちらを見上げる。

「嫌だなマスター。僕がいつも誰かを連れて来るみたいな言い方をして」

その一言にカチンときたのか、引きつった笑顔をマスターへと向けた。

「ほら、前の子も身長が高かったから」

小田は少しイライラした様子でマスターを睨《にら》みつけた。

「こんな時に、昔の話を持ち出すなよっ！」

初めて小田のイラ立つ声を聞いた。昔の彼女の話をしたからって、そんなに怒るものだろうか？　初めて見るそんな態度に少しビックリした。

「里穂ちゃん、ごめん。急に大きな声なんか出して」

「い、いえ。誰でも思い出したくないことはありますから」

注文したカクテルを飲み、しばらくすると、いつものように陽気な声を上げている。里穂と同じように、恋愛の嫌な思い出でもあるのだろうか。小田の意外な一面に驚く。

カクテルは飲み口がジュースのようで、気が緩むと飲み過ぎてしまう危険性がある。里穂は用心して飲むことにした。


その日は結局、アパート最寄り駅の改札口まで送ってもらうことになった。どうしても自宅前まで送ると言っていた小田は、里穂が最後まで断ると、名残惜しそうに改札の中へと消えた。

軽く酔っている状態でも頭の芯は醒めている。小田とは表面上で親しくなっても、まだ心を許すことができない自分がいた。その原因が遥斗なのか、臆病のせいなのか、自分でもよく理解できないままだ。

一人でアパートへ帰宅途中、ふと周りが気になった。立ち止まっては周りをキョロキョロと見回す。

まさか、遥斗がどこかで待ってるなんてこと……ないよね？

それから部屋に戻ってもスマートフォンは音も立てず、ドアをノックする者も現れず、呼び出されることもなかった。

いつの間にか、遥斗を期待しているだなんて……。

里穂は自分に呆《あき》れてバスルームへ向かうと、熱いシャワーを浴び、頭の中のモヤモヤをすべて洗い流すことにした。


月曜の朝、自分のデスクへ到着すると、万智は里穂の顔を見るなり腕を取り、急いで休憩ブースへと連れて行った。

「もしかして、人事の小田さんとつき合ってるの？」

その言葉に衝撃が走り、急に息苦しくなる。

「ど、どうして、そのことを……？」

「人事の子が教えてくれて。小田さんが里穂の写真をみんなに見せてたらしいよ」

公園で一緒に撮った写真を思い出し、冷や汗が出てきた。まだ誰にも伝えない約束のはずが、どうしてこんなことになっているのだろうか。

席に戻ってすぐに小田へメッセージを送る。

《私たちがつき合ってることを、社内の人に話しましたか？》

まるで里穂からの連絡を待っていたかのように、間を置かず返信が届く。

《ごめん、そんなつもりじゃなかった。同僚からアプリの進展を聞かれて、つき合っていることをちょっとだけ話したら、写真見せてくれって大騒ぎになって。うまくごまかしておくから、大丈夫だよ》

マッチングアプリを売りにしている会社なのだから、恋愛は一番興味がある話題だ。いくらせがまれたからって人に話すなんて、この会社ではあっという間に噂《うわさ》が広まることくらいわかるはずなのに。

どうしよう……。これからのことを考えると、ますます気が重い。

午前中は小田とのことで頭がいっぱいになり、仕事がまったく手につかない。パソコンの前に座り、数字を睨みつけているだけでお昼になってしまった。

社内で食べる気にもならないし、食欲も湧かない。気晴らしに外の空気でも吸おうと、エレベーターに乗り込んだ。

一階に到着し扉が開く。エントランスホールへ出ると、入り口の待合スペース付近で数人が談笑しているのが見えた。ひときわ目を引くその人物が、すぐに遥斗だということに気づく。

嫌なタイミングだ。目を合わせないよう俯《うつむ》き加減で歩き、足早に通り過ぎる。

こんなみじめな気持ちの時に、遥斗の顔なんて見たくない……。

急いでここから離れようと、自動ドアを開けてオフィスビルの敷地を出る瞬間、背後から急に腕を掴まれた。

「おい、里穂！」

「なっ、何するの⁉」

振り返ると、遥斗が追いかけてきて里穂の腕を摑んでいた。意図せず至近距離で力強い瞳に捕まる。熱く注がれる視線から、慌てて目を逸らした。

こんなに近くで正視されてしまったら、何かを読み取られそうな気がして不安になる。

「どうした？　元気がなさそうだ」

「そんなことないよ」

「俺に会えなくて、寂しかったんじゃないか？」

久しぶりに見た遥斗の顔が凛々《りり》しく、そして頼もしく思えた。尋ねられたセリフをそのまま鵜呑《うの》みにしてしまいそうになり、言葉に詰まる。

今の里穂はすっかりネガティブになっているから、このまま逞《たくま》しい腕に抱き寄せられてしまったら、迷わずついて行ってしまいそうだった。

「遥斗って……自信過剰だよ」

「いや、これが普通だ。俺は里穂と会うためにずっと時間をかけて努力してきたからな」

こんな風に会話を続けたら、いつもの手慣れた遥斗の言葉に惑わされ、引き戻されそう。

「つき合ってる男と、うまくいってないのか？」

遥斗からの言葉がズキンと胸に突き刺さる。勘が良すぎて怖いぐらいだ。

「ちっ、違うよ。もうすぐイベントが近いから、仕事のことで頭がいっぱいなの！」

適当にごまかそうとして、声を荒げる。

「もう戻らないと」

訝《いぶか》し気に見つめる遥斗を残して、その場を立ち去ることにした。

自動ドアをくぐり、オフィスビルのエントランスへ戻ると、まるで待ち構えていたかのように小田が数メートル先に現れた。心音が激しくなり、息が詰まりそうになる。さっきまで遥斗と会話をして別れたばかりなのに、まさか、その一部始終を見られてしまったのだろうか。彼はいつもより強張った顔つきで、こちらへ向かってくる。

「里穂ちゃん、今朝はごめん。一言謝りたくて」

小田の表情は緩やかに一変し、拍子抜けするような言葉に里穂は少し安堵《あんど》した。

「あの……いきなりで、びっくりしました。まさか小田さんが他の人に話すとは思わなくて……」

「僕も教えていいか迷ったんだけど、でも……結果的に良かったと思ってる」

――良かったって、どういうこと?

彼の放った言葉の意味が理解できない。

「で、でも、小田さんだって社内の人に知られてしまったら困らないですか?」

「そんなことより、僕が一番許せないのは、里穂ちゃんが他の男に取られることだ。さっきだって……」

「えっ⁉　さっきって……?」

「……いや、何でもないよ。細かいことは、また話そう。こんなところを誰かに見られたら、噂を広めるだけだから。僕はあとから行くから、里穂ちゃんが先に戻って」

そう言われて、もどかしい気持ちでエレベーターに一人乗り込んだ。お互いに対する考え方のズレが、納得できない。

小田さんにとって、みんなに交際が伝わることは、喜ばしい出来事なの？

里穂には小田の考えがまるで理解できない。そして彼の言いかけていた言葉が心の奥に引っかかっていた。


デスクに戻ると、万智から声がかかる。

「さっき、小田さんが探しに来たよ。外へ出かけたって伝えたけど、会えた？」

そう尋ねられて、衝撃が走る。やはり、遥斗と一緒にいたところを目撃されてしまったらしい。小田が口籠っていたのは、そういう理由だったのだ。

もう、どうしていいのかわからない……。

午後の仕事が始まる中、里穂の心はますます千々に乱れていく。一日の半分しか過ぎていない時点で、すでに疲れがピークに達していた。

入力業務中心の仕事だったので、ぼんやりとこなしているうちに時間が過ぎ、いつの間にか終業時刻となっていた。

やっぱり遥斗とは、しばらく距離を置くべきなんだ……。

いつまでも中途半端な態度でいるわけにもいかず、早いうちに置いてある荷物を回収しに行こうと決意する。

会社を出て地下鉄に乗り込むと、遥斗のレジデンスがある最寄り駅で下車した。

恐らく今の時間帯なら遥斗がまだ帰宅していないはずだし、こっそり荷物だけを取りに行き、あとでメッセージを送れば用は済んでしまう。

駅からレジデンスへ向かうと、豪華なエントランスの灯りが見えてきた。中へ入ろうと近づいた瞬間、エレベーターホールの方から現れる二人の人影が目に入った。

雰囲気と背格好で片方は遥斗だと確信する。慌てて踵《きびす》を返し、植え込みの暗がりに身を潜めた。そこからそっと様子をうかがい、隣で一緒に歩く相手を静かに見つめていた。

エントランスの豪華な灯りが、遥斗と長い黒髪の女性を浮かび上がらせる。親し気な二人の様子を見て、呆然《ぼうぜん》とした。

その相手は、同じ会社に勤め、先日も一緒に歩いていた、あの色っぽい雰囲気の女性だった。

レジデンスから一緒に出てきたってことは、まさか、あの人と――。

そんな……。

目の前がぼんやりと霞み、周りの音が次第に遠のいていく。遥斗が里穂へ囁《ささや》く言葉は、やはり嘘《うそ》だったようだ。

何を勘違いしてたんだろう。結局弄ばれて、笑われていたんだ……。

駅まで戻る途中、熱いものがこみ上げ、唇をかみしめた。

荷物のことも忘れ、アパートに戻るため地下鉄のホームに降り、ぼんやりとしたまま到着した電車に乗り込んだ。

何度も心を揺さぶられ、疎ましさを感じていたはずの遥斗が、自分の中でこんなにも大きな存在になっていたなんて……。

里穂の中では、彼が純粋に自分の存在だけを求めているのではないか、心のどこかでそんな淡い期待があったのだ。

それでも、きっと今はただ気持ちが混乱しているだけなのかもしれない。里穂の前に現れたのは復讐《ふくしゅう》のためだと言っていた。それなのに、期待するような感情を持つ方がおかしいのだから。

そして最寄り駅に降りると、だんだん遥斗に対して怒りのような感情が湧いてきた。

「もうっ！　どうして遥斗のことでこんなに悩まなきゃいけないの⁉　いちいち翻弄される必要もないのに」

思い切り呟《つぶや》いた言葉が、電車の音でかき消されていった。

こちらの胸中をかき乱したのは遥斗の方なのだから、すべて忘れてしまえばいいんだ。

アパートへ帰る途中コンビニに立ち寄ると、棚に並んだ売れ残りのスイーツを、端からカゴの中へ放り込んだ。

「よーしっ。今日は好きなだけ食べるんだから」

アパートに一人戻ると、潰れかかったシュークリームを口いっぱいに頬張る。甘く、まったりとした味わいに、しばらく悩みごとからは解放された。

それからチョコレートケーキやプリンをひたすら食べ続け、おかげでその夜は何も考える気が起きないほど、胃もたれに悩まされることとなった。


一週間後にイベントを控えたその日、山野課長の口からとんでもない提案が飛び出す。

「聞いたよ～、鈴河さん。人事の小田君とつき合ってるんだって？　それもアプリでマッチングしたとか。それでさ、つき合うまでの過程とか、デートの様子とか、少しでいいから二人で一緒にステージでしゃべってくれないかな？」

「か、課長、それって公開処刑ですっ！　絶対にできません‼」

「そっかぁ。小田君は快諾してくれたらしいけど、無理強いはできないからなぁ……」

小田さんが快諾って⁉

課長の意外なセリフに驚いて、言葉を失う。

「それじゃ、別々のステージで話をしてもらうしかないか」

どういう経緯で小田がステージに上がることになったのかは知らないが、参加することは決定事項のようだった。

里穂が一人で話そうが、小田と二人で話そうが、社内の人から見れば誰の内容かはすぐにわかること。どうして小田はすんなりと承諾したのだろうか……。

詳しいことを聞くために小田へ直接尋ねたかったが、遥斗と一緒にいるところを見られ、小田からどんな風に問い詰められるのか怖くなった。仕方なくメッセージを送ると、すぐに返信が届く。

《企画部の知り合いに頼まれたんだ。里穂ちゃんのことなら話したいことは山ほどあるから。それに、いずれわかることだから、いいよね？》

小田の考えに少し呆れてしまった。せめて事前に相談してくれたらよかったのに。そう伝えると、小田は思いもしない言葉を返してきた。

《大丈夫だよ。なるべく当たり障りのないことを話すよ。お互い愛し合っていれば、話してもやましいことはないからね》

愛し合う……？

その言葉に違和感を感じた。里穂は、まだ小田にそこまでの感情は持ったことはない。彼の抱いている感情と、里穂の感情があまりに乖離《かいり》していて、話し合いにならない。これ以上説得しても、小田の心は変わることがないように思えた。とにかく今は、イベントが無事に終了することを祈るしかない。

イベント当日の土曜日、ステージのある大規模な会場を貸し切り、参加予定総数は五百名を超えた。

第一部では、出会いを提供するお見合いパーティーを行い、マッチングを促進する。第二部では、カップリングした人達が参加して楽しめる、アトラクション的なイベントやステージを催す。

イベントでは、協賛会社提供によるワインのテイスティングや、ＡＩによる詳しい相性診断など、盛りだくさんの企画を予定している。

そしてステージでは、里穂にとって頭の痛いアプリの体験談発表などもある。


緊張の一日が始まった。

朝からイベントのスケジュール調整に追われたり、参加者にアプリの宣伝を行ったり、息つく暇もない。

休憩室で簡単な昼食を済ませ、いよいよステージイベントの時間が迫ってきた。

顔を隠すため、頭からすっぽりと被るかわいらしいパンダの被り物が準備してある。司会はプロが務めるから、あとは進行通りに話せばいいだけだ。

ステージ上には椅子が三脚並べられ、座った状態で幕が上がる。インタビュー形式で進行し、里穂ともう一人の女性社員が体験談を話す。その後、入れ替わりで小田を含む男性三名が話すことになっている。

開演の時間になり、司会の女性が張りのある声で挨拶を始めた。たくさんの人がステージ前で足を止めているようだ。スポットライトが眩《まぶ》しくて、こちらからは会場を見渡すことができない。

「それでは、お一人ずつお話を伺ってみましょう！」

里穂はマイクを向けられ仮名を名乗ると、アプリの経緯を話した。

「お二人とも登録して初回で素敵なお相手と出会われたんですね。このアプリの特徴は、登録したデータをＡＩが独自に解析し……」

アプリの宣伝文句を、司会の女性がうまくまとめていく。決められたセリフをこなし、幕が下りた。

はぁ～っ……。

終った瞬間、一気に緊張感から解き放たれた。

「それでは、続いて男性陣にご意見を伺いましょう」

次は小田がステージで話す番だ。スタッフとしてこのままステージの裏側で、耳を傾けることになった。三人の男性社員が犬の被り物をして登場し、アプリの経緯を語る。

「それでは、つき合っている時のエピソードとかありましたら、教えてください！」

「はい。彼女と公園でデートした時に、お弁当を作ってくれまして。料理上手な女性で……」

テンションの高い小田の声が、里穂の作ったお弁当エピソードを語っている。

いったいどこまで話す気なのだろうか。心配でその場をうろうろと歩き回った。

「えぇ～。お弁当⁉　も～、結婚まっしぐらじゃないですか！　彼女さんは、よくお料理をなさる方なんですか？」

「出かける時はいつもお弁当を作ってくれますし、家でもよく手料理を披露してくれます」

小田の発言に驚き、ステージを凝視した。

ちょ、ちょっと待って……。いつ、どこで小田さんに料理を振る舞ったっていうの？　弁当を作ったのは頼まれたからで、お互いの家を行き来したこともない。すぐにでもマイクを奪って否定したくなった。社内の人間には、里穂が小田の相手だということはわかりきっているのに……。

インタビューが終了し幕が下りたステージ上には、小田が一人だけ残っていた。彼は周囲を見回し、里穂を見つけると嬉しそうにステージ裏へと近づいてくる。

「どういうことですか？　あんな話をするなんて……」

「みんな周知してることだから、コソコソしないことにしたよ」

「でも、さっきの手料理のエピソードは……、とりあえず控え室に行きましょう。ここだと目立ちますから」

二人で控え室へ戻ろうと廊下を出ると、関係者用の入り口から背の高い男性が現れた。

——遥斗だ。

会場スタッフに案内され、こちらへ向かって歩いてくる。関係者なのだから、当然ここで遭遇してもおかしくはない。でも、まさか小田と一緒にいる、このタイミングで会うことになるなんて……。

遥斗がこちらに気づき、里穂と小田の交互に視線を向けているのがわかった。

「あぁ、そうだ里穂ちゃん！　イベントの片付けが終わるのは何時になる予定だっけ？」

小田は遥斗が近づくタイミングで里穂の名前を声高に呼んだ。それがとてもわざとらしく耳に届く。

「えっ、えっと……」

どうしてこんなときに私の名前を呼んだりするの⁉

思わず抗議したくなったが、こんな場所ではそれもできない。胸がギュッと締めつけられるように痛み出す。

遥斗が里穂たちの目の前で立ち止まり、こちらへ冷ややかな視線を送っているのを感じた。

「鈴河さん。鈴河さんですよね！」

まるで自己主張するように、今度は遥斗が里穂の名を苗字で呼んできた。この状況に混乱して目が回りそうになる。

「先日はお世話になりました。ＴＳＡグローバルの高城です」

「あ、あぁっ‼　高城専務でしたか。そうとは気づかずに申し訳ありません」

里穂はわざとらしく謝ると、深々と頭を下げた。

「先ほどのステージ見ていました。アプリの体験者インタビュー良かったですよ。生の気持ちが伝わって、いい宣伝になりそうですね」

その言葉に思わず立ちくらみがしそうになった。

まさか、インタビューをずっと遥斗に聞かれていたなんて……。

「そちらの方の体験談も、いい参考になります。特に男性の意見を集めるのは大変ですからね」

「ありがとうございます。ところで、被り物をして答えていたのに……どうして僕だと？」

小田は軽く会釈したあと、遥斗に尋ねた。

「ステージ裏から一緒に出てこられたから、きっとインタビューの出演者だろうと」

「そうでしたか……。照れるなぁ。彼女とのエピソードも聞かれちゃいましたね」

小田は嬉しそうな表情を浮かべ、笑い声を上げると里穂の方に何度も視線を送った。

「確か、料理が上手な女性とおつき合いされてるとか？」

遥斗がしつこく質問を重ね、さらに聞き出そうとしている。

「はい。ここだけの秘密ですが、実は隣にいる鈴河さんがその女性なんですよ」

「おっ、小田さんっ⁉」

突然の発言に、全身から汗が噴き出してくる。

「そうですか。彼女とおつき合いを……。では、イベント頑張ってください。私は仕事の途中なので、また――」

遥斗は静かに笑みを浮かべ、スタッフと共に立ち去っていく。呆然として力が抜け、その場で座り込みたくなった。

恐らく小田は里穂と遥斗の関係を疑い、自分の存在を誇示しようと、あんな発言をしたに違いない。

それなのに……どうしてだろう？　小田に関係を知られたことよりも、遥斗の目の前で、つき合っていると言われた方がショックが大きいなんて。

「里穂ちゃん。控室に戻ろうか」

「………はい」

でも、きっとこうなって良かったはず。これで遥斗も里穂のことを諦めるだろうし、これ以上彼に気を使う必要もなくなったのだから。

遥斗には他の女性がいるし、良かったと思わないと……。

里穂はまるで自分の心をなだめるように、肯定できる理由を探していた。


イベントの片づけが終了したのは夜の九時を回った頃だった。朝から駆け回って疲れているはずなのに、興奮が抜けきらない。

会場を出ようとしたときメッセージの着信音が鳴り、確認すると小田から連絡が入っていた。

《一緒に帰りたくて、イベントが終わるのを待っていたんだ。すぐ近くのネットカフェにいるから、軽く飲まない？　話したいこともあるから、来て欲しいな》

メッセージとともに、店の場所が添付されていた。イベントが終わって、ずっと里穂のことを待っていたことに驚く。今から小田に会う気力も湧かないけれど、彼の話したい内容が気になった。

もしかして遥斗のことなのだろうか……？

さっきは遥斗の前で動揺し、結局小田がステージ上でついた嘘のことを、まだ聞けてはいない。里穂もそのことを尋ねなくてはならなかった。

店の外で待っていると、十分もしないうちに小田が目の前に現れた。そこから歩いて数分の場所にある静かな雰囲気のバーに入る。

二人でカウンター席に並んで座り飲み物を注文すると、すぐに綺麗《きれい》な色のカクテルが目の前に置かれた。

「イベント、お疲れさま！」

二人はお互いのグラスをカチンと鳴らし、口をつける。里穂は用心して一口だけ飲んだ。

「どうしても今日会いたかったんだ。まずはゆっくり飲もうよ」

そう言われても素直に喜べない。話があるっていうから、ここへ来たのに……。

「あの……話があるって。それに、私も聞きたいことが……」

小田は急ピッチで飲み干すと、早くも二杯目のカクテルを注文した。里穂は仕事疲れと緊張感からの解放で、アルコールが意外と早く効いてくる。相手が酔わないうちに、思い切って話を切り出すことにした。

「ステージのことなんですけど、どうしてあんなことを言ったんですか？　私、小田さんの家で料理なんてしてないです！」

「あぁ、ごめん。あれは、なるべくエピソードを大きく演出しろって頼まれたんだ」

「でも、みんなの前で嘘を言うなんて……」

仕事とはいえ、嘘のエピソードを平然と人前で話せるなんて。小田にとっては、とにかく外へ発信することの方が重要なのだろうか？

「大丈夫だよ。これから実現していけば嘘じゃなくなるからね」

里穂はこのまま小田とのつき合いを続けていいのか、わからなくなった。以前から抱いていた戸惑いの感情は、ますます大きくなる。彼はこちらの意見をまるで聞こうとしていないように感じた。

「あの、小田さんの話って……？」

そう尋ねると、急に小田の顔が強張った。

「僕にとって里穂ちゃんは理想の女性だよ。だから誰にも渡したくない。これからは僕以外の人と親しくしないで欲しいな」

「それって……」

遥斗のことを言いかけて、言葉に詰まる。誤解されてはいても、遥斗とつき合っているわけではないし、どんな関係と伝えたらいいのか……。

「そういえば三日後、クリスマスイヴのディナーを予約してあるんだ。一緒においしいものでも食べよう」

「イヴ……ですか？」

里穂にとって小田の言動はすでに理解を超えていた。今後好意を抱くことはムリだろうし、こうして会うことすら疑問を感じてしまう。

「もう一杯ずつ飲んだら帰ろうか？」

「はい」

注文されたカクテルがカウンターに並ぶ。お酒に弱い里穂は、気持ちを引き締めて飲んでいたはずが、グラスを空にした頃には疲れと眠気で小田に支えられながらタクシーに乗り込もうとしていた。

「私、タクシーじゃなくても。歩いて帰れますから……」

「大丈夫。里穂ちゃんのアパート近くで降ろしてあげるから」

強引に乗せられ、小田は里穂の住む最寄り駅を運転手に告げた。その言葉に安心してしまい、いつしか心地良い車の揺れで目を閉じてしまう。

ふと気がつくと小田に肩を抱かれ、タクシーから降ろされている最中だった。里穂が辺りを確認しているうちに、二人を降ろしたタクシーは、扉を閉めてすぐに走り去ってしまう。

「えっ⁉　ここって……？」

「よかったら、僕の部屋で飲み直さない？　まだそれほど遅くないし、この辺がちょうど里穂ちゃんのアパートへ帰る途中だったから」

「でっ、でも……。これ以上飲むと、帰れなくなりそうだし……」

「大丈夫。少し飲んだら、ちゃんと送って行ってあげるよ」

強引に里穂の腕を掴み、目の前にあるマンションの方へ引っ張ろうとしている。周りは住宅街で薄暗く人通りもない。恐怖を覚え、思わず足を止めた。

「やっぱりいいです！　ここから歩いて帰りますから」

「どうして僕じゃダメなの？　ＴＳＡの専務とは親しいのに？」

急に核心をつく質問をされ、ドキッとする。

「えっ？　いえ、あの……彼とはお仕事で、先日お話ししただけです」

「僕は、いつか里穂ちゃんが他の男に取られるんじゃないかって……気が気じゃないんだ」

小田が放つ言葉に何も返すことができない。やっぱり遥斗のことを聞きたかったんだ。

「何言ってるんですか。私、そんなにモテませんよ」

「自分ではわからないだろうけど、里穂ちゃんは魅力的だよ」

離してもらえない右手を、さっきより力強く握られている。

「最近は仕事から帰ると一人で寂しくてさぁ。誰かが家でごはんを作って待っていてくれたら……って。結婚を考えてみたり」

「結婚って……」

一瞬小田の表情が暗くなり、今まで見たことのないような冷淡な目つきで里穂を見つめた。

「これからずっと君を大切にする。だから今日は、お互いにもっとわかり合おうよ」

そう言って、いきなり腕を引っ張られ肩を摑まれると、強引に抱きしめられた。驚いて抵抗し、体を押しやっているうちに唇を塞がれる。嫌悪感が募り、脳裏には遥斗の顔が浮かんでいた。

助けて……遥斗!!

心の中で叫び、必死で抵抗しようともがいてみるが、酔っていて体に力が入らない。小田の胸の辺りを必死で叩《たた》き、やっと唇を離してもらうと彼が口を開いた。

「やっぱり、今日会ったあの専務のことが好きなのか？　あいつのどこがいいんだ。僕は里穂ちゃんしかいないんだよ。だから――」

逃れようとする里穂の体を必死に自分の方へ引き寄せようとする。力でねじ伏せようとする男性に敵うわけもない。里穂は混乱して、わけもわからず小田の体を叩き続けた。

「やめてっ、やめてよっ。こんなことしないで！」

必死で足を動かすと、蹴り上げた足がちょうど相手の下腹部に当たった。

「……うっ！」

小田が小さな声で呻《うめ》く。

「本当にやめてっ‼」

泣き叫ぶようにして大声を出した。不意に握られていた腕の力が少しだけ緩む。一瞬の隙を見て手を引き離すと、途中転びそうになりながら駆け出し、広い大通りまで走り続けた。

7　想定外の恋

涙がとめどなく溢《あふ》れるのも気にせず、タクシーを止めるために必死で手を挙げ続けた。しばらく寒さに震えながら、やっと一台捕まえる。

車内に乗り込み、運転手へ告げた住所は、なぜか遥斗の住むレジデンスのものだった。窓ガラスに映る自分の姿が情けない。髪も乱れているし、顔は涙でぐちゃぐちゃになっている。

こんな状態で遥斗に会ったら、笑われるだけなのに……。

それでも会いたい気持ちに変わりはなかった。

三十分ほど走るとレジデンスに到着する。しかし、中へ入ろうにも入り口にはコンシェルジュが常駐している。乱れた格好のままエントランスに入るのもはばかられ、薄暗い街灯の中、震える手で遥斗に電話した。

すぐに遥斗の声が聞こえ、それだけでホッとして力が抜けそうになる。

「里穂、どうした？」

「は……ると……」

「里穂⁉　何があった？　今、どこにいる？」

「……レジデンス……入り口……」

「すぐ行くから、待ってろ！」

寒さなのか、怖さなのか、理由がわからないまま全身がずっと震えていた。

エントランスから人影が見えて、こちらに駆け寄る靴音が聞こえてくる。顔を上げた瞬間、大きな体に包み込まれた。温かく大きな体に、力強く抱きしめられる。そうしているうちに、いつの間にか声を上げて泣いていた。こんな風に誰かの前で泣くなんて、子どもの時以来かもしれない。

どうして遥斗の腕の中はこんなにも安心できるんだろう……。

遥斗は何も言わず、ただ里穂の背中を引き寄せた。そして体を支えられながら部屋に入れてもらい、暖かなリビングのソファーに座らせられた。

「今、風呂を入れてやるから。ゆっくり温まってこい」

入浴の準備をしてもらい、シャワーで全身を流したあと、のんびりと湯船に浸かる。久しぶりに遥斗の部屋に戻ったせいか、なぜかとても懐かしく感じた。

パジャマを着てバスルームを出ると、遥斗が心配そうに里穂の顔を覗《のぞ》き込んでくる。

「目が腫れて、ちゃんと開いてないぞ。今にも倒れ込みそうな顔してるじゃないか」

「――きゃっ」

いきなり背中に手を回し抱き上げられると、リビングの方へと連れて行かれた。今は抵抗する気力も、体力も残っていない。

こんな時に何もされたくないのに、どうしよう……。

瞼《まぶた》をギュッと閉じ、体を小さく縮める。すると、ふんわりとベッドに下ろされ、温かい布団の重みを感じた。

薄目を開けてみると遥斗がすぐそばに座り、穏やかな視線を送ってくれている。そっと伸ばした手が、まだ濡《ぬ》れたままの里穂の前髪を優しく撫《な》で、軽く整えた。

「何があった？　あの男に何かされたのか？」

「今は……言いたくない……」

そう呟《つぶや》くと、遥斗の顔がすぐ近くまで迫った。反射的に構えて目を閉じると、額に柔らかいものが触れ、すぐに離れていく。

「ど、どうして今日はそんなに優しくするの？」

「言っただろ。俺は復讐《ふくしゅう》を果たすために里穂の前に現れたんだ。元気のないヤツをイジメるためじゃない。だから、早く休め」

里穂を気遣う言葉に胸が熱くなり、遥斗の顔が急に滲《にじ》んで見えた。泣き顔を見られたくなくて、羽毛布団の中に急いで潜る。

でも、今夜だけは、このまま広い部屋で一人になるのはちょっと心細かった。

「遥斗……」

「どうした？」

「何もしないって約束できるなら、今夜だけ隣で寝てくれる？」

「いいよ……」

そう言うと、ベッドに横たわる里穂の隣にそっと滑り込み、腕を伸ばして抱き寄せられた。温かく、がっしりとした懐に抱かれていると、心まで柔らかく解きほぐされるように感じる。

どうして今日はこんなに優しく接してくれるんだろう……。

心地良さと、胸が高鳴る感情が交互に訪れる。穏やかなはずなのに、心の奥で何かがきゅんと弾け、落ち着かなくなってくる。

この感情って……？

そう思うと、ますます早まるこの鼓動が聞こえてしまわないかと心配になった。

今だけは何も考えず、安心できる腕の中で眠りたい。大きな優しさに包まれながら、いつもより平穏な気持ちで目を閉じた。


「うーん……」

朝の光を感じて目を覚ますと、遥斗の寝顔がすぐ目の前にあった。里穂のことを守るように寝ている姿を見ると、何だかとても安心してしまう。

普段、遥斗は早く起きて出かけてしまうから、寝顔をこんなにゆっくりと間近で見るのは初めてだった。

嬉しくなって、少しだけ顔を近寄せる。瞼は綺麗《きれい》な二重で、鼻筋がしっかりと通り、口元はキュッと引き締まっている。

昔からこんなにイケメンだったかなぁ……。

女の子みたいな顔立ちをした昔の遥斗の面影が重なり、どことなく蘇る。あの頃、遥斗は里穂のことばかり追いかけて、ちょっとしたことですぐに泣き出して。

「Pちゃん……」

小声で思わず呟いた瞬間、遥斗の瞼がパチッと開き、里穂の唇に一瞬重なるとすぐに離れた。いきなりの不意打ちに、何も反応することができない。

「なっ、何するのっ⁉」

「俺のこと、あだ名で呼んだろ？　その罰だ」

「もしかして、とっくに起きてたの？」

「里穂は、しばらく俺に見とれていたようだったけどな」

ニヤッと笑うと情熱的な眼差しを送ってきた。一気に顔全体が熱くなり、鼓動が速まる。

「ちっ、違うよ。寝顔見てたら、やっぱり昔の面影あるなぁって……」

そう言うと、またこちらへ顔を近づける。何をされるのかわからず、目をギュッと閉じ身構えた。すると頬に柔らかいものが軽く触れただけで、遥斗はすんなりベッドから出て行ってしまう。

「朝食ができたら呼んでやるから、もうしばらく寝てろ」

「う、うん……」

いきなり予想外な行動をされて、動揺するじゃない……。

優しく気遣うようなセリフと紳士的な態度に驚いた。脅すように迫る以前の遥斗とは大違いだ。

顔を洗って着替えを済ませると、ダイニングテーブルには、おいしそうな香りと共に、色鮮やかな朝食が出来上がっていた。ハムエッグにパプリカのサラダ、淹《い》れたてのコーヒーと、こんがり焼けたクロワッサン。

「わぁ～、おいしそう！」

「里穂が喜んでくれて嬉《うれ》しいよ」

さっそく、フォークを片手にサラダを食べ始めた。甘酸っぱいドレッシングがかかっていて、とてもおいしい。

ふと気がつくと、遥斗は食事に手もつけず静かにこちらを眺めている。

「なっ、何？　そんなに見られたら、食べづらいよ」

「昨日のこと聞いていいか？」

「あ、あれは……ちょっとした誤解なの。私も不注意だったから……」

遥斗のことで小田に誤解させてしまったのは里穂の責任でもあるし、一緒に飲みに行ったとはいえ、安易に酔ってしまったのもいけなかった。

すると、なぜか遥斗が今まで見たこともないような怖い目つきになって、里穂のことを見つめている。

「里穂を泣かせる奴は許せないな。俺がそいつと話をつける」

「そんな……本当に大丈夫だから。お互いの行き違いなの。心配しないで。それに、今まで脅すようなことしてきたのって遥斗の方じゃない」

「俺は乱暴なことはしてないだろ。ただ、丁寧に俺のことを教えただけだ」

「なっ……何、それっ⁉」

確かにどんな場面でも、つい遥斗のことを思い出してしまうけれど。だったら責任取ってよ……そう言いたくなってしまった。

でも遥斗のそばには、あの綺麗な女性が存在していて、きっとこの優しさも里穂に対する復讐の一つなのかもしれない。


食事をしたら少しだけ元気が出てきた。いつまでも遥斗に甘えてはいられない。寝室のベッド脇で身支度を整えていたら、突然ドアが開いた。

「きゃっ！」

「そんなに驚くことか？　俺たちとっくにお互いの裸を見てるだろ」

慌てて近くにあった毛布で隠し、座り込む。いくら体を許していても、明るい部屋で下着姿を見られるのは恥ずかしい。急いで服を着ると、立ち上がりドアに近づいた。

「どこへ行くつもりだ？」

「昨日はありがとう。遥斗がいてくれて心強かった。でも、いつまでもここにいるわけにもいかないから、アパートに戻るね」

するとと遥斗がドアの前で腕を組み、睨《にら》みつけるような表情で仁王立ちしている。

「だめだ！　今度ばかりは許すわけにいかない。絶対ここにいろ。これは命令だ！」

「でも……」

「ムリにでも、ここにいると約束させようか？」

遥斗がにじり寄り、今にも押し倒すような勢いで囁《ささや》いてきた。思わずその視線から目を逸らせなくなってしまい、相手を見つめたまま首を横に振る。

いつも聞かされているような脅し文句なのに、真剣な眼差しと言葉に動揺してしまう。

「わかった。ここにいる。……それじゃ、もう少しだけ横になってもいい？」

そう尋ねると、とたんに遥斗が柔和な表情に戻った。

「いいよ。それなら、また隣で寝てあげようか？」

「け、結構ですっ！」

遥斗はニヤリと笑い、ドアの外へと出て行った。

はぁ～……。

いつまでも止まらない胸の高鳴りに、自分を落ち着かせようと深呼吸をする。

本気なのか、冗談なのか、わからない態度に毎回ときめいていたら、とても身がもたない。

しばらくここにいるのなら、弄ばれないようにしないと……。

相変わらず仕事が忙しいのか、月曜の朝から遥斗の姿が見当たらない。

起き上がると、喉に違和感を覚えた。昨日の昼間に何度も寝てしまったせいで、夜に寝つけなくなり、睡眠不足になってしまったからかもしれない。

やだ、カゼひいちゃったかなぁ……。

でも、明日はクリスマスイヴ。イベントの報告書も提出が迫っているし、年末まで休むわけにもいかなかった。

いつも通り会社へ向かうため、エントランスホールでエレベーターが来るのを待っていた。どこで小田とすれ違うのかとビクビクしていたけれど、結局目の前に現れることはなかった。ホッとして自分の席に着くと、スマートフォンに小田からのメッセージが届いていることに気がつく。
《この間は本当にごめん。悪酔いしてひどいことをしてしまった。謝るチャンスをもらえないかな？　明日レストランを予約してあるから、絶対に来て欲しい》
もう小田と二人きりで会いたくなかった。断るつもりでメッセージを送る。
《ごめんなさい。最近体調が悪いので、難しいと思います》
《顔を見て謝りたいんだ。少しだけでもいいから、来てもらえないかな？》

どうやらこのままでは諦めてはもらえないらしい。一度顔を合わせて、はっきりつき合いを断るしかないようだ。

《わかりました。少しだけなら、お話を伺いに行きます》

今後のことを考えると、いつかは顔を合わせないといけない。覚悟を決めて、再び会うことにした。

その夜、深夜になっても遥斗は帰宅せず、リビングのソファーで待っている里穂の瞼は閉じかかっていた。

そのとき玄関の方で物音が聞こえたので、里穂は慌てて立ち上がる。すると、遥斗がいきなり目の前に現れ、すぐに抱き寄せられてしまった。

遥斗の強引さに心臓が弾み、ぼやけているはずの頭は冴《さ》え始める。

「お、おかえりなさい。急にどうしたの？」

「もちろん、クリスマスはここで俺と一緒に過ごすよな」

「う……うん」

突然何を告げられるのかと思っていたら、クリスマスの予定についてだった。切羽詰まった様子で命令してくる遥斗に驚く。

「明日は朝から一泊の予定で出張が入った。イヴには間に合わないが、クリスマスまでには必ず戻るからどこへも行くなよ」

真剣な顔をして返答を待つ彼に、コクンと頷《うなず》く。その様子に遥斗は少しだけ安堵《あんど》した表情を浮かべた。

いつも強気で指図するくせに、どうしてこんなにも熱心に迫るんだろう。

それに、イヴなのに泊まりの出張があるなんて……。

あの女性と会うための口実なのだろうか。自分は別の女性と会って、里穂のことまで独占したいということなのだろうか。心のざわつきは依然収まらない。

心を射抜くような遥斗の視線に、こちらの本心を見抜かれてしまったのではないかとハラハラしていた。

誰よりも彼とクリスマスを一緒に過ごしたいと強く願っているのは、里穂の方だったからだ。


イヴの当日、遥斗は暗いうちに家を出た。寒さも本格的になり、今日は強い北風が吹く肌寒い一日らしい。

里穂の体調は優れず、喉の痛みも酷くなり、だるさがいっそう強まっていた。

ホットミルクで体を温め、カゼ薬を服用すると、仕方なく会社へと出向く。こんな体調で仕事するのも、小田と会うのも、何だかすべてがかったるい。しかも、こんな時に限って仕事が立て込んでくるものだ。

朝から会議の準備をして、午後一で会議をこなす。空き時間にイベントで行ったアプリのアンケートを集計して報告書を作成していたら、昼食の時間が二時過ぎになってしまった。少し熱があるものの、勢いで仕事を片づけると、夕方には無事報告書を提出することができた。


定時に上がり、小田が予約したレストランへと向かう。店員に案内されると、小田が里穂の顔を見て立ち上がり、すまなそうに頭を下げた。

「本当にごめん。酔っていたとはいえ、里穂ちゃんに怖い思いさせて。ものすごい反省してる。こんなこと言える立場じゃないけど、許してもらえないかな?」

「私も安易に飲んでしまったので。それに、もっと自分の意見をはっきり言うべきでした」

席に着くと、小田は思いつめた表情で話を続けた。

「勝手な提案だけど……もう一度、友達からやり直そう。里穂ちゃんの都合のいい時に食事へ行くとか、仕事の愚痴を聞くとか、そんなのでいいから」

その言葉に納得がいかなかった。友達としてつき合うという提案もよくわからないし、小田に対する感情はすでに嫌悪感しかない。

「でも……もう二人で会いたくないんです。だから……」

すると、小田の表情が急に強張り始めた。引きつった口元を震わせながら、平静を保とうとしているのがわかる。

「アプリで困っていたのを助けたのは誰だと思う? 里穂ちゃんだって、あの時助かったって言っただろ？　もしかして、イベントまでつき合って、僕を都合よく利用したのか？」

　声の調子が次第に高くなり、畳みかけるように質問を投げかける。さっきまで穏やかな様子だった小田の姿は影を潜め、豹変《ひょうへん》する態度に体が凍りついた。

「ちっ、違います。そんな……あの時は、本当に小田さんとつき合うことも考えて」

「それならいいじゃないか。僕は友達からやり直そうと言ってるんだよ！」

　実際アプリの件で助けてもらっている。だからといって、以前のように自然に接することはもうできない。

　でも、もしこのまま彼を怒らせてしまったら何をされるか……。

　社内では周知されているし、結婚の噂《うわさ》まで出ている。しばらくは友達として過ごし、自然と関係が遠のけば、小田も諦めてくれるだろうか。

「わかりました。友達としてなら……」

　すると、小田の表情は一変し、嬉しそうに顔を上げた。

「良かったぁ～。このまま嫌われたら、落ち着いて年が越せないところだった。そうだ、ここのコース料理とても有名なんだよ」

　動悸《どうき》が激しくなり、体のだるさに加え頭も痛くなってくる。とにかく話を切り上げて、早くここから出たい。

「あの……今日は本当に具合が悪くて。何も食べられそうもないので、帰らせて欲しいんです」

「そ、そうか……じゃあ、せめて送って行こうか？」

「一人で大丈夫です。とにかくごめんなさい。失礼します」

頭を下げ、バッグを摑《つか》むと席を立ち、急いで出口へと向かった。背後から小田が追いかけてこないよう早足で歩き、すぐに路地裏へと入った。背後を確認して、誰もついて来ないことにホッとする。

遠回りして駅へ戻る途中、足取りは次第に重くなった。お昼すぎに飲んだ薬の効き目もそろそろ切れたのだろう。

会社の最寄り駅にあるデパート店で二人用の小さな丸いケーキを買い、地下鉄に乗り込んだ。車内は混んでいて、つり革すら摑む場所もない。体調のせいなのか、立っているだけでもつらくなってくる。

ふらふらしながら電車を降り、やっとのことでレジデンス前まで辿《たど》り着いた。

エントランスをくぐりエレベーターに乗り込むと、足元がふわふわして視界がぐらつく。階に到着し扉が開くと、玄関の施錠を解除し、ドアノブに手をかけた。

「やっと着いた～……」

荷物を置いて安心したせいか、あまりのだるさに、そのまま床へうずくまる。そこから意識は徐々にぼんやりしていった。

頭にひんやりとした感覚が伝わり目を開けると、心配そうな遥斗の顔がそこにあった。屈み込んで、額に冷たいタオルのようなものを当ててくれている。

「気がついたか？」

「遥斗、どうして……？　出張は？　私、どうしたんだっけ？」

「メッセージを送っても、いつまでも既読にはならないし、電話しても連絡が取れないだろ。予定を変更して大急ぎで戻ったら玄関で倒れていて、ものすごく焦ったよ。どうだ、まだ辛いのか？」

「ありがとう。だいぶいい」

体には、まだ熱っぽさが残るけれど、遥斗の顔を見て少し元気になってきた。彼の真剣な表情が、本気で心配していたことを如実に物語っている。

本当に出張へ行ってたんだ……。

「……ったく。心配させやがって」

「はる……」

名前を呼んでいる最中に、遥斗の唇が遮った。ぼんやりとした意識の中、滑らかな舌の動きを感じ、頭の奥が甘く痺《しび》れる。

「……だめ……カゼが……」

必死で言葉を繋《つな》げても、遥斗は何度も唇を重ねようとして、動きを止める気配はない。

「俺はうつってもいいよ」

今日はだるくて、抵抗する力も湧かない。それに朝しか顔を見ていないせいか、遥斗に会えたことも、キスされたことも、とても嬉しく感じた。少しのあいだ里穂の上唇を柔らかい感触が包み込むと、ためらうように動きを止め、急に離れた。

「ごめん……。今日は、具合悪いんだよな。いつも言ってることを、危うく忘れかけた。意識の薄れた状態で抱いても里穂の記憶に残らない」

遥斗が謝るなんて、初めて聞いた。体調は最悪なのに、このまま抱かれてもいいと思うなんて……私もちょっと熱のせいでおかしいのかな。

頭の奥が痺れたままなのは熱のせいなのか、遥斗のキスのせいなのか、今の自分にはよくわからない。そんなことを考えているうちに、いつの間にか眠りについていた。


明け方、汗をかいて不快になり、目が覚めてゆっくりと体を起こす。視線を動かすと、ベッドの隣に布団を敷いて寝ている遥斗の姿がそこにあった。

サイドテーブルにイオン飲料や保冷剤、タオルが置かれている。どうやら一晩ここで看病してくれていたようだ。

着替えを探すため体を起こしかけて、頭がズキンと響いて痛みが広がり、また横になった。

「ん……？　起きたのか？」

布団を動かした音で起こしてしまったらしい。

「遥斗……悪いけど着替えたいから、新しいパジャマを出してくれる？」

「わかった」

遥斗はすぐに起き上がり、部屋の隅に置かれたチェストの中から、クリーム色のパジャマとTシャツを取ってくれた。

里穂は着替えをするため体を起こし、立ち上がりかける。しかし頭に鋭い痛みが走り、すぐに諦めてしまった。

「俺が着替えさせてやるよ」

「だ、大丈夫だよ。これくらい、一人でできるから」

「昨日も俺が脱がせたんだ。今さら恥ずかしがるな」

そう言われてしまっては諦めるしかない。結局、遥斗の手を借りることになった。

汗をかいたパジャマを脱ぐと、緩いブラトップとショーツ一枚の姿になる。昨日は体調が悪かったから締めつけない下着を身につけていた。おしゃれな下着姿でもないのに、それを見られるのもちょっぴり恥ずかしい。

「下着も濡れているぞ」

「これはいいのっ」

「見ないから、着替えさせろ！」

遥斗は背後からブラトップを脱がせると、Tシャツを頭から被せた。パジャマを着せてもらい、ペットボトルのイオン飲料を丁寧にキャップまで開けて手渡される。

「口移しで飲ませてやろうか？」

「結構です。一人で飲めますっ」

ボトルを受け取ると、ごくごくと飲み干す。着替えが終わって水分を摂ると、だいぶ楽になり、すっきりとした気分で横になれた。

遥斗は目の前の洗濯物や自分の寝ていた布団を手際よく片づけていく。ベッドの中から家事をする遥斗の姿を眺めていると、様になっていて頼もしくて、とてもカッコいい。

ずっとこうして眺めていたい……。

ジッと見られていたことに気づいたのか、ドア付近にいた遥斗の背中が急に振り返り、視線が重なった。ドキッとして、慌てて目を逸らす。

すると遥斗がこちらに歩み寄り、突然手を伸ばした。何をされるのか身構えていると、里穂の前髪をかき上げ、額同士をそっと合わせる。

その瞬間、まるで全身に稲妻のような衝撃が走り、身体が熱く火照り出した。そして、今度こそはっきりと自分の気持ちを確信することができた。

――――私、遥斗のことが好きなんだ。

「熱は完全に下がったようだな」

遥斗はそれだけ確認すると、部屋を出て行った。

どうしよう……。

遥斗には、里穂が足元にも及ばない美人の彼女がいるというのに。それにこのまま体だけ求められて、この関係から抜け出せなくなってしまったら……。

恋愛経験も浅いくせにセフレになっちゃうってこと……？

頭の中でゴチャゴチャ考えていたら突然ドアが開き、遥斗がトレイを持って現れた。そこにはフルーツが綺麗にカットされた皿がのせられている。

「これぐらいなら食べられるだろ？」

「う、うん」

何もかも至れり尽くせりで、お姫様になった気分だ。思わず、遥斗が執事の恰好をしてこまごまと働いているところを想像してしまった。

「ぷぷっ……」

「何を笑ってる？」

遥斗が冷ややかな視線をこちらへと向ける。

「ごっ、ごめん。あまりにも手際が良くって。遥斗が執事の恰好《かっこう》したら似合いそうだなって……」

「倒れていた里穂を発見した俺の気持ちにもなってみろ。めちゃくちゃ慌てたんだからな。人を笑いものにするなんて、いい気なもんだ」

「そうだった……。迷惑かけてごめんなさい」

遥斗はトレイをサイドテーブルに下ろすと、仁王立ちしたまま腕を組み、ムスッとした表情でこちらを見つめてくる。

　優しく尽くしてくれているのに、私ったら笑いものにして……。

「本当にごめんなさい」

　すると遥斗が急にこちらへ歩み寄りベッドに乗り込むと、すぐ隣へ来て体を横たえた。肘枕をして上半身をこちらへ向け、里穂を覗き込んでくる。

「どうやら元気になったようだな。それじゃあ、俺が納得するようなキスをしてくれたら、許してやるよ」

「えっ⁉」

　一瞬にして胸が激しく鳴り出し、遥斗の刺すような視線から逃れることができなくなった。

「嘘《うそ》だよ。昨日みたいに顔が赤いぞ。からかって遊びたいが、熱が上がると面倒だから、今日はここまでにするか」

　そう言って、起き上がると部屋をあとにした。残されたのはドキドキが収まらない里穂と、丁寧にカットされたフルーツだけだった。嘘って言われなかったら、危うく本当に遥斗へキスするところだ。

　リンゴを一切れフォークに刺し、少しかじってみる。甘くてほんの少し酸っぱい味わいが、口の中にじんわりと広がった。

会社に欠勤の連絡を入れ、今日はのんびり過ごすことにした。

お昼頃には体調が良くなり、リビングのソファーに座ってテレビを眺めることができるようになった。遥斗はダイニングテーブルの上でパソコンを開き、オンラインで仕事をしているようだ。

そう言えば昨夜、心配になって出張を途中で切り上げたと話していた。それなのに、こうして一人のんびり過ごしていると、だんだん申し訳ないような気持ちになってくる。里穂はテレビの電源をオフにして、近くにあった雑誌をパラパラとめくった。

「――ん？　どうした。テレビを見ていたんじゃないのか？」

「私のせいで迷惑かけちゃったでしょ？　せめてお仕事をしている間は静かにしようと思って」

本当は里穂が自分の寝室に戻れば済むことなのだけれど、こうして一緒にいられる時ぐらい同じ部屋で過ごしたかった。

「いくつか案件を確認して、メールを送れば仕事が終わる。それから食事を作るよ」

「あ、あの、私のことは気にせずお仕事して。大丈夫、お腹は当分空きそうにないから」

それから十分もせず、静かになった室内に、里穂のお腹からキュルルルという音が鳴り響いた。遥斗がその音を聞いて、ククッと笑い出す。

「そのお腹に、もうすぐ仕事が終わると伝えてくれ」

「こ、これはお腹が空いてるんじゃなくて……」

元気になったせいか、突然空腹を感じた。恥ずかしさのあまりトイレへと駆け込む。何も、こんなにタイミング良く鳴らなくても……。

仕事を片づけた遥斗は、手早く親子丼を作ってくれた。鶏肉と玉ねぎをふんわりとした卵でとじ、ご飯の上に乗せてある。

「いただきまーす！」

口に入れると、ふわっと出汁の香りがした。甘すぎず、塩加減もちょうどいい味に仕上がっている。

「遥斗が作るごはんって、ホントにおいしい！」

向かい側に座る遥斗は、ニヤニヤしながら食べている箸を止めた。

「俺は里穂の食べている姿が好きなんだ。かわいいから、一生見ていても飽きそうにない」

ド直球な言葉に、またしても頬が熱くなってくる。

「どうせ、からかって楽しみたいだけでしょ？」

「そう言って、耳まで赤くなってるぞ。本当は俺に絡まれて嬉しいんだろ？」

「ち、違うよっ。嘘でも褒められることに慣れてないから、照れてるのっ！」

遥斗は頬杖《ほおづえ》をついて近づくと、こちらを見つめながら低い声で囁いた。

「さっき言ったのはホントだよ。里穂は、すごくかわいい」

ますます熱くなって汗が吹き出し、顔からは火が出そうになった。さっきまで勢いよく食べていたのにそんなことを言うから、食事がそれ以上喉を通らなくなる。

「少し動いた方が調子が良くなりそうだから、これを食べたら私が食器を洗うね」

顔を上げるのが恥ずかしくなり、俯《うつむ》いたまま残りのごはんを口の中へ押し込んだ。

夕食の頃には元気になり、二人でキッチンに立つことにした。カゼの治りかけなので、消化の良いリゾットを作ることにする。ネギを刻んでいる途中、今日がクリスマスだということを思い出した。

「あぁっ！　そういえば、私が買ったケーキってどうなった？」

「あぁ、あれか。冷蔵庫に入ってるが、中身がグシャグシャだぞ」

「買ったあと、満員電車に乗ったから……」

「里穂は体調が戻らないと食べられないだろ。俺が片づけておく」

「うん……」

あ〜あ。今回は散々なクリスマスだったな……。

残念な気持ちのまま、早めにベッドへ向かった。

翌朝は体調もだいぶ回復し、早起きして遥斗のために朝食を作り、テーブルに並べてみた。遥斗は楽しそうな表情を浮かべ、食卓の上にある朝食を覗いている。

「これって、目玉焼き……だよな。それに、キャベツの千切りって、したことあるか？」

今朝のメニューは、半分以上焦げついてしまったハムエッグと、ちょっと大きめに刻んであるキャベツのコールスロー。それと、トースターに入れるだけで焼き立ての味わいになる食パンだった。里穂は体調を崩していたこともあり、いつも以上に失敗してしまった。

苦笑いしながら遥斗が食べ始める。

「パンは、おいしく焼けてるな」

「それは……ただ袋から出して焼いただけ、なんだけど……」

不出来な食事も、残さず食べてくれた。食器を片づけ、仕事へ行こうと洗面室でメイクをしていると遥斗が声をかけてくる。

「早めに支度を済ませろ」

「えっ？」

「体調がまだ戻らないだろ。しばらく会社まで送ってやる」

いつも以上に気を使ってくれているようで、結局、その言葉に甘えることにした。

ＳＵＶの助手席に乗りながら、遥斗の横顔にチラチラと視線を送る。こんなに甘やかされてしまうと、もう後戻りできなくなりそう。

「帰りも迎えに行くから、終わり次第、連絡を入れろ」

「いいよ。もう一人で帰れるって」

「何度も言わせるな。俺が迎えに行きたいんだよ」

遥斗の言葉に嬉しくなりながら、表情を悟られないように外の景色を眺めた。

年末になり、仕事も大詰めになってきた。

挨拶のメールを送ったり、二月のバレンタインイベントに向けての準備など、取引先との打ち合わせや、飲み会のセッティングで慌ただしい。

あれから仕事が忙しいのか、小田から会いたいというメッセージは送られてくるものの、約束は一切していない。

クリスマスイベントの成功で、マスコミにも注目され、Mプロミス《マリッジ》の人気はさらに上がった。強制的に参加させられた宣伝部の社員たちは、男性二名がカップリングに成功し、ミニボーナスを支給された。さらに、ステージ上で体験談を披露した者は、里穂を含め全員が支給対象者となった。しかし里穂にとっては、ボーナスよりも小田との関係に悩まなくてもよい状況の方が望ましい。バレンタインのイベントは女性側からの告白タイムや、バレンタインデートの紹介など、参加型イベントを多数用意する予定だ。

夕方、遥斗にメッセージを送ると、間を置かず返信が届く。
《今日は仕事が早く終わりそうだ。大通り沿いのコーヒーショップで待ってて》
読み終わると、思わず口元が緩んでしまった。短いメッセージ一つでこんなに嬉しくなるなんて、すっかり遥斗に心を奪われてしまっている。自分に呆《あき》れながらも、終業時間が待ち遠しくなった。

仕事を終え、コーヒーショップで待っていると、迎えに来てくれた。遥斗がドアを開けてくれて助手席に乗り込むと、車はすぐに走り出す。

ところが、レジデンスとは違う方向に向かっていることに気がついた。

「遥斗、いったいどこへ行くの？」

「秘密だ……」

しばらくすると、巨大なホテルが並ぶ湾岸沿いの道路に出た。車は一棟のタワーホテルへと近づき、広い駐車場へ進入していく。

車を降りると、ライトアップされて煌《きら》びやかな正面エントランスから入り、ロビーの奥にあるエレベーターに乗り込んだ。遥斗が最上階のボタンを押す。

目的がわからないままついて行くと、案内されたのは、海と夜景が一望できるレストランの個室だった。テーブルにはリザーブの札が立てられている。

「今夜が俺たちにとってのクリスマスっていうのはどうだ？」

「遥斗……」

「一緒にケーキが食べたかったんだろ？　ここなら、ディナーと夜景も楽しめる」

こんなサプライズが用意されているとは思いもしなかった。喜びで自然と笑みがこぼれてしまう。

ホテルのディナーも、夜の景色も、とても嬉しいけれど、一番嬉しいのはサプライズしてくれた遥斗の気持ちだった。

「今夜は運転があるから、ノンアルのスパークリングワインで乾杯だな」

細長いグラスにワインが注がれ、薄いピンク色の泡が躍る。

遥斗から復讐という言葉を聞いてずっと不安なまま過ごしてきたのに、結局こんなに優しく扱われてしまっては、心は自然と傾いてしまう。

ホント、ずるいよ……。

里穂はますます彼に惹《ひ》かれてしまう自分を必死で抑えていた。

ホテルでのディナーは、少しずつ綺麗に盛られた冬野菜の前菜に、ロブスターと牛ヒレ肉のステーキ。デザートはダークチョコレートケーキを選んだ。魅力的な晩餐《ばんさん》を前に、遥斗の目も気にせず、思わず夢中で食べ始める。

「んーっ。おいしいっ‼」

遥斗は食事に手をつけず、スパークリングワインをゆっくり飲みながら、なぜか里穂の方ばかり眺めている。それに気づき、恥ずかしくなって思わずフォークの手を止めた。

「何だか私ばっかり食べてる……。こっちばかり見ても何も面白くないから、遥斗も早く食べなよ」

「いいや、とても面白い。食べてる里穂の姿を見ているだけで、ワクワクしてきた」

「何、それ？」

「ごちそうをたくさん食べさせて満足させたところで、里穂を食べるのもいいかもって」

ぶわっと一気に血流が上半身に集まってくる。

まさか、このあと帰宅したら遥斗は私のことを……？

頭の中では今までされてきた行為が一瞬頭の中をよぎり、今夜も同じことをするのかと思うと、それだけで体の芯が蕩《とろ》けそうになった。

「どうした？　もっと食べろよ」

「そ、そんなこと言うから、動悸がして……」

「嘘だよ。何もしないから、安心して食べろ」

落ち着かなくなりながらも、デザートまでなんとか食べ切った。

おいしいディナーに満足して、窓から見える大きな橋とそれをライトアップした華やかな光の点滅を眺める。

「里穂、今夜はもう少し楽しもうか」

たっ、楽しむ……⁉　まさかこのままホテルの部屋にでも連れ込まれるんじゃ……。

その言葉に、一瞬よからぬ想像をしてしまった。

「ま、まだ何かあるの？」

「一緒についてきて」

遥斗が席を立ち、そのあとを恐る恐る追いかける。

ホテルのレストランを出て、廊下を進み階段を上がった。すると、大きな扉が目の前に現れ、黒のスーツを着たホテルのボーイがそこで待っていた。

「おまちしておりました、高城様。準備ができていますので、どうぞごゆっくりお楽しみください」

ドアには特別室と書かれていて、中へ入るようボーイが開けてくれる。

足を踏み入れると、そこは屋上に設置されたテラス室になっていた。ボーイは二人が部屋に入るのを見届けると、ゆっくりとドアを閉める。

屋上の一角が客室ほどの広さのテラスになっており、そこからは星空を見上げることができた。中央には、ゆったりと足の伸ばせる二人がけのハイバックソファーと、ロールスクリーンが設置されている。

「最近、ここで映画を観るデートが流行っているらしい。映画を観ながら、星空も楽しめる。たまにはこういうのもいいだろ？」

遥斗は里穂の前に手を差し伸べ、ソファーに座るよう促した。

「今夜は、まるでデートみたい」

「何言ってるんだ。デートだよ」

こんな素敵な場所で映画を観ることも、星空を眺めることも初めてで、遥斗のプレゼントにワクワクしていた。いつものように強引に迫るやり方ではなく、優しくエスコートしてくれる。まるで女子が描く理想のデートでもしているような状況に慣れなくて、どこかくすぐったくて気恥ずかしい。

遥斗が隣に座り、背筋をピンと伸ばしている里穂をまじまじと見つめてきた。

「何してる？　背もたれに寄りかかってリラックスしたらどうだ」

「う、うん。いつの間にか、こんな準備をしてたなんて、遥斗って私を驚かす天才なの？」

「里穂が喜びそうなことを誰よりも知っている、ということだけは確かだな」

彼は設置されたプロジェクターのリモコンを操作して、ソファーに体を沈めた。里穂は跳ね上がる胸を落ち着かせようと何度か浅い呼吸を繰り返し、ソファーの背にもたれた。

目の前に遥斗からグラスが差し出される。

「今夜はノンアルのカクテルを用意してもらった。里穂が酔うと、また部屋まで連れて帰らないとだしな」

「だ、だってぇ……」

グラスを受け取ると、オレンジ色をした液体の中でミントの葉と氷が共に揺れた。

「俺の前であまり無防備に寝るなよ。こっちの忍耐力もそろそろ限界なんだからな」

その言葉で一気にのぼせ上がった。耳の方まで、じんじんと熱を帯びる。

「ほら、始まるぞ」

「そ、そんな……遥斗がそんなこと言うから……」

スクリーン上では映画の始まるカウントが刻まれ、数字が表示された。そのたびに里穂の心音も高まり、隣にいる遥斗のことが気になって仕方がない。

映画はモノクロで、古典の恋愛モノだった。

手を伸ばせばお互いすぐ近くにいるのに、遥斗はいつになく紳士的で、指一本触れてこ

ない。そのことがかえって心を悩ませ、焦らされているような感覚になった。

古典作品だからなのか、熱いラブシーンもないが、ゆっくりと進む二人の関係が逆に新鮮だった。

するとと男性が花束を渡し告白する場面で、不意に里穂の手の甲へ温かい指先が置かれた。一瞬驚いて彼の顔を見ようとしたけれど、わざと気づかないフリをして視線をスクリーンへと戻す。遥斗の手はゆっくり里穂の手を開かせると、指先を絡めて手を繋いだ。心臓の音がトクントクンと響き、指先にまで伝わってしまいそうになる。遥斗の大きな手が里穂の手を包み込み、まるで全身を抱きしめられているように感じた。


映画を終えて車に乗り込み、ホテルをあとにする。気温が下がって空気が澄み、湾岸沿いにかかる大きな橋の光やビル群の明かりが夜空に溶けこんでいた。外の景色を眺めているフリをしながら、視線は遥斗の横顔を何度も追いかけてしまう。気づかれないように視線をずらしながらも、結局は見つめたくなってしまうのだ。精悍《せいかん》な顔つきで運転している姿が様になっている。

「遥斗って今までどんな女性とつき合ってきたの？」

「さぁな、忘れた」

「だって前に何人かとつき合ったことがあるって……」

それにいつも一緒にいるあの女性のこと、気になるじゃない……。

「初めてだな。里穂からそんなこと質問してくるの」

「そ、そうだっけ？」

心の中を読まれそうで、慌てて視線を逸らした。

「いい傾向だ」

「何が？」

「俺のことが気になり始めてる」

「違っ……」

このままだと気まずい。あまりこの話をすると足を掬《すく》われそうだ。

余計なことを言わないように口を閉じ、外の景色を眺めているうちに、車はレジデンスへと戻ってきた。

部屋へ戻ると先に風呂へ入れと勧められ、里穂は素直に従うことにした。いつもより丁寧に体を洗い、ゆっくりと湯船に浸かる。

しかし、リビングへ戻ると遥斗は部屋に戻ったのか、姿が見当たらない。

それからしばらくして、バスルームへと向かったようだった。

見たいテレビもないのにリモコン片手にソファーに座り、画面を眺めながらも内心そわそわしていた。

私ったら、何を待っているんだろう……。

自分に呆れながらも、頬が熱くなってくる。足音がする方向に耳を澄ませると、扉が閉まる音が聞こえた。

あ、あれ……⁉

遥斗はバスルームを出ると、自分の部屋に戻っていったようだ。すぐにここへ戻って来るだろうとソファーにかじりついて待っているが、いつの間にか一時間が経過してしまった。

その時ドアの開く音が聞こえ、足音がこちらに向かってくるのがわかった。

思わずリモコンをギュッと強く握りしめ、覚悟を決める。

「まだ起きていたのか？」

意外な言葉に驚き後ろを振り返ると、すぐに遥斗の視線とぶつかる。沈黙する里穂にそっと近づくと、隣に座り肩を抱き寄せた。胸が高鳴り、返す言葉を失う。

「里穂……。もしかして俺のこと待ってた？」

そう言うと肩を掴まれ、里穂に顔を近寄せてくる。無意識に目を閉じ、唇に意識を集中させた。

このまま、キスされて、押し倒されて……。

すると、なぜか期待とは違う場所でチュッと音がして、額の辺りに柔らかな温かみを感じた。すぐに肩に置かれた手が離れ、遥斗の気配が消える。

目を開けると、すでに彼は自分の部屋に戻ろうとして立ち上がっていた。

「早く寝ないと、また体調を崩すぞ」

「うん……。そうだね」

「何だよ。残念そうな顔をして」

「しっ、してないよっ！」

慌ててソファーから立ち上がり部屋へと戻った。キスされた額に手を当てながらドアを閉め、ベッドに潜り込む。さっきから心臓の音が耳に響いて落ち着かない。

あのまま遥斗に抱かれることを考えていたなんて……自分がどうかしているとしか思えなかった。

遥斗を好きな気持ちでこうなっているのか、それとも遥斗によって与えられた身体の記憶がそうさせているのか、今の里穂には理解できない。混乱して布団を頭まで被ると、ムリヤリ目を閉じることにした。

8　揺れる心

年末は忘年会や打ち上げで遥斗とのスケジュールが合わず、すれ違いが続いていた。年始にはお互い実家へ戻っていたので、まともに顔も見ていない。

仕事始めの前日に遥斗のレジデンスへ戻ると、わざわざ玄関先で出迎えてくれた。

「おかえり、里穂」

「う、うん。ただいま」

久しぶりに会えてものすごく嬉《うれ》しいのに、鼓動が激しすぎて何も言葉が出てこない。寝室へ荷物を置きに行こうとして、背後から追いかけてきた遥斗に抱きしめられた。

「会えなくて寂しかったよ」

思わず息が止まりそうになる。喜びが湧き上がり、顔が綻びそうになるのを必死でこらえた。

「実家はどうだった？　ゆっくりできたの？」

「あぁ、親戚中が集まって騒がしかったよ。耳障りな話を、逃げ場がないところでされたからな」

「何を言われたの？」

遥斗は背後から里穂を抱きしめたまま、首筋に柔らかなキスを落とした。首元の辺りに顔を埋めるようにして寄り添う。

「そろそろ身を固めろ……ってさ」

ドキンとする。里穂も両親から、誰かいい相手はいないのかと尋ねられていたのだ。お互いもうすぐ三十になるのだから、結婚は現実問題として避けられない年齢になる。

「きっと、遥斗ならすぐ見つかるよ。それに、次期社長でしょ？　結婚は責任重大じゃない」

里穂はわざと明るい口調で、ちょっと大袈裟《おおげさ》に言ってみた。

「まだ自信がないからな……」

ボソッと呟《つぶや》く。遥斗らしくない後ろ向きな言葉だった。

「えっ!?　ど、どういう意味？」

「今は里穂の躾《しつけ》に忙しいってことだよ」

「何、それ……」

背後から抱きしめたまま、耳元に唇が触れている最中、遥斗のスマートフォンが鳴った。

「さっそく、仕事の連絡だ」

ポケットから取り出すとディスプレイを眺め、残念そうな表情を浮かべて自室へ戻っていく。耳に残る温かな余韻に寂しさを感じながら、遥斗の背中を見送った。

新年早々の仕事は、二月のバレンタインイベントの準備と、アプリの人気状況をまとめる仕事だった。久しぶりのパソコン画面に、疲労で目がチカチカしてくる。

結局退社できたのは、終業時間を一時間過ぎた頃だった。

エレベーターを降り、エントランスの自動ドアを出ようとしたその瞬間、背後から声がかかる。

「里穂ちゃん！」

びっくりして振り返ると、小田が目の前に立っていた。

「今日、一緒に帰ってもいい？」

「えっ⁉　あぁ、はい……」

嫌とも言えず、仕方なく従うことにした。駅までなら人通りもあるから、多少安全なように思えた。それに、周囲に社内の人がいないこともちょっと安心できる。こんなところを誰かに見られてしまうと、また何を言われるかわからない。やっと噂《うわさ》が収まりかけたところだというのに。

二人で駅へ向かい、静かに歩き始める。

「体調はどう？　年末はゆっくりできた？」

「はい……」

「僕も、一年ぶりに実家へ戻ったんだ。海の近くでね、魚ばかり食べたよ」

「そうですか」

会話はすぐに終了し、沈黙が訪れた。歩く靴音だけが、やけに響いて聞こえる。

「実家で色々考えたんだ。僕の周りにも身を固めるヤツが増えて、やっぱり家族っていいよね。そう考えたら、隣で一緒に歩くのは里穂ちゃんしか考えられないなぁって。だから……やっぱり結婚を前提につき合いたいな」

小田のセリフに驚き、改めて相手の顔を見つめた。自分勝手に進めていく小田の言葉には、もはや違和感しか感じない。

友達としてつき合うことすら難しいのに、結婚相手だなんて……。どう説明すれば諦めてもらえるのだろうか。

「私なんかにそう言ってもらえて、とても光栄です。でも……結婚は、やっぱり本当に好きな人と……」

「ちょっ、ちょっと待って!!　今、君の答えを聞きたいなんて言ってないだろ！　今日は自分の気持ちを伝えたかっただけだ。返事は時間をかけて、ゆっくり考えてからにして欲しいな」

小田はまるでこちらの答えを遮るかのように、自分の意見だけを押しつけてきた。

「でも……」

「とりあえず今日はここで別れるよ。また連絡するね」

こちらに手を振ると、そのまま駅の方へと消えた。どう伝えればこちらの意見を聞いてくれるのだろうか。一方的すぎる小田の態度に、ただ困惑するしかなかった。

寒さが厳しくなった一月中旬、遥斗は年始から仕事が忙しく、最近はすれ違い生活が続いていた。

朝から山野課長に呼び出される。

「急ぎで悪いんだが、今日の午後、TSAグローバルに資料を届けて欲しい」

「わっ、私がですか?」

広報宣伝部では課長クラスまでのやり取りはあっても、里穂たち役職のない者には、あまり接点がない。

「それが、先方から鈴河さんに来てもらいたいとの申し出があって。クリスマスステージを見て、担当者が今後アプリのアップデートの際、参考までに話を聞きたいと言ってる」

「あの、でも課長。確か、アプリの開発者は主に自社の者では?」

「そうなんだが、先方にアプリのAIを担当しているSEがいて、君をご指名だ」

何やら複雑な社内事情に翻弄されている気がするが、理由はともかくとして、里穂のことを呼び出したいらしい。

「わかりました。午後に行けばいいんですね」

ランチを軽く済ませると、調べたとおりに地下鉄を乗り継ぎ、大きなターミナル駅に到着した。駅から歩いて数分の場所に、TSAビルディングがある。二十階はありそうな立派な建物だ。

ゆったりとしたエントランスは、まるでホテルのロビーのようで、中央には木製の丸いベンチが置かれ、それを取り囲むように大きな観葉植物が植えてある。

受付で来意を告げると、最上階の応接室に案内された。二十帖《じょう》ほどある部屋の真ん中には、黒のソファとテーブルが置かれている。

そこへ座って待っていると急にドアをノックされ、慌てて立ち上がった。扉を開けて入って来た人物を見て、思わず息を呑《の》む。

「わざわざ呼び出して、ごめんなさいね」

しなやかな色気のある声で謝ってきたのは、遥斗の隣で楽しそうに笑っていたあの女性だった。彼女からはふんわりと、フローラル系のいい香りがしてくる。

立ち上がったまま何も言い出さない里穂の姿を見て、その女性が笑い出した。

「ふふふ。プログラマーだから、理系の男性とでも思った？　そんなに驚かなくても。私はシステム開発を担当している桂木《かつらぎ》雅《みやび》です」

「あ、あのっ。失礼しました。鈴河里穂と申します」

名刺をそれぞれ交換して、着席する。桂木はスリットが入ったタイトスカートとノーカラージャケットを着て、妙に色っぽい。年齢は三十代後半くらいだろうか。

「アプリのことで詳しく聞きたかったの。課長クラスだと話が堅苦しくって本音を聞き出せないでしょ。率直な女性の意見を聞きたくて呼んだのよ」

「そうでしたか。私なんかで参考になればいいですけど……」

「身長が大きくて目立つのに、中身は遠慮がちなのね」

ズバリと言われて、変な汗が出てしまう。時折、仕事で初対面の人からも、体が大きいのに意外と繊細ですねと言われていたからだ。

桂木からはアプリについて、女性側からのＡＩ活用の意見を求められ、里穂は率直に答えた。

桂木は一通り尋ねると、里穂を優しく見つめ、なぜか微笑んでいる。

「ここからは、女性として参考程度に聞きたいんだけど。うちの専務、わかるわよね？　結構モテる方なんだけど、ああいうタイプってどう思う？」

直球すぎる質問に言葉を失くし、どう答えていいのかわからず固まってしまった。

「あぁ、ごめんなさい。鈴河さんは社内の人とマッチングしてたのよね。彼氏とはどう？　うまく行ってるの？」

「そっ、そういう質問は、プライベートなことなので、その……申し訳ありません」

「ごめん、ごめん。これって、パワハラだったわ。冗談だから」

冗談にしては、目的があるようにしか思えないけど……。

「あの……高城専務は一般的に見てカッコいいと思います。モテるのも当然かと……」

「そう。少なくともあなたには魅力的に見えているのかしら？」

どういうつもりで里穂にそんな質問をしているのだろうか。尋ねたいことは山ほどあるけれど、この状況では何も聞けそうにない。

「外見からは普通のイケメンに見えるでしょうけど。あの人、ここだけの話けっこう変態だから」

その言葉に思わずギョッとする。つい桂木と遥斗が濃厚なプレイをしている姿を思い浮かべてしまった。

やっぱり二人は親しい間柄なんだ……。

他人に堂々とそんなことが言えるのは、つき合っている証拠なのだから。遥斗は、まさか里穂にしたようなこと、いや、それ以上のことを彼女としているのだろうか。

ショック過ぎて、目の前がみるみる暗くなっていく。

「気をつけて。彼、ある意味一人の女性しか愛せない、ストーカーみたいな人なのよ」

桂木はニコニコしながら里穂に畳みかけてくる。その言葉は、まるで『私たちの邪魔をしないで』と警告しているように感じた。

もしかして彼女は、里穂が遥斗と一緒に暮らしていることを知っているのだろうか？

今日聞いた言葉によって、桂木と遥斗が親しい関係性にあることは確信に変わった。

「あの……そろそろ失礼します」

「そうなの？　じゃあ、下までご一緒するわ」

「いえっ。ここで大丈夫です」

「気にしないで。下の階に用があるから」

話を終え、桂木がエントランスまで見送ると聞かないので、仕方なく一緒にエレベーターに乗り込んだ。早く一人になって落ち着きたかったのに、狭い空間の中で沈黙が息苦しい。

一階に到着し扉が開いた瞬間、目の前に遥斗が現れた。

「…………っ!!」

驚きのあまり、声が出そうになるのを必死で抑える。遥斗の方も、一瞬ギョッとした表情を浮かべていた。

「たっ、高城専務！　今日の午後は、他社と打ち合わせのはずでは？」

桂木が慌てた様子で遥斗に尋ねる。

「先方の社長が急に体調を崩して、約束が延期になったんだ。ところで桂木君が鈴河さんに何の用だ？」

「資料を届けてもらったんです。それと、M《マリッジ》プロミスについて、個人的な意見が欲しくて、お呼びしました」

桂木はあちこち視線を動かしながら、なぜがバツが悪そうにしている。里穂にとっても、この場にいることはとても気まずい。

「用件はもう済んだのかな？」

「彼女は今帰るところです。エントランスまで見送るつもりで……」

「せっかくこうしていらしたのだから、私も今後の企画について話を伺おうかな」

――なっ、何を言い出すの⁉　こんな状況で呼び止めるなんて、いったいどういうつもり？

思わず遥斗の顔を睨《にら》みつける。こちらが戸惑っている間に、遥斗は勝手にエレベーターへ乗り込んできた。

「それでは、私は外に用事があるのでここで失礼します」

桂木は遥斗の顔をチラチラ見ながら、エレベーターを降りた。里穂は居心地の悪さに、顔を上げることができない。

これって、つき合ってる男女のカップルと、そのセフレという構図なのだろうか……。

複雑すぎる状況の中、扉が閉まった。遥斗が最上階のボタンを押すと、エレベーターは静かに上昇していく。里穂に背中を向けたまま、彼は何も言葉を発しない。

到着音が鳴り、扉が開いた。目の前にある長い廊下へ出ると、前方から黒のベストとタイトスカート姿の、いかにも秘書のような女性がこちらへ向かって近づいてくる。

「専務、打ち合わせが変更になったということで、十五時からミーティングを設定したいと営業部の方から連絡が……」

遥斗は歩きながら、女性の話を止めた。

「今からの一時間は、ラングルの方と懇談する。営業部には十六時と連絡してくれ」

強引に懇談なんて言ってるけど、まさか私と話すためにムリヤリ変更しているんじゃないでしょうね？

呆《あき》れながらもあとを追っていくと、専務室と表記されたドアを開け、里穂に入るよう促した。

「失礼します」

中へ入ると、遥斗はついてきた女性に声をかけた。

「飲み物は必要ない。秘密事項の話もあるから、しばらくは人を入れないでくれ」

そう言うと、すぐにドアを閉めた。窓際を背に広めのデスクが置かれ、中央には応接セットがある。

会社とはいえ、個室で二人きりだ。先が読めない遥斗から逃れるため、窓の方へと避難した。彼の表情は、さっきまでの仕事モードから、いつもの企み顔に変わっている。

「ここへ呼び出したのは桂木か？　いったい何を聞かれた？」

「えっと……アプリについて率直な意見を聞きたいって言われて。桂木さんが開発者の一人だったなんて知らなかった。美人で色気もあって、知的だし、素敵な人だよね」

「ふ～ん。それ以外は？」

「なっ、何も」

「俺については何も聞かれなかったのか？」

「べ、別に。どうしてそんなこと聞くの？」

「いや、仕事以外のことで里穂に負担がかかると迷惑だと思って」

何、それ……。いつも私のことを脅して迫って、迷惑かけてるのは遥斗の方なのに。

それとも、本当の関係がバレると何か困るってこと……？

「あの桂木さんって人、遥斗のことが好きなの？」

「どうして？」

「ただ……何となく……」

答えに窮して窓の外に目をやっていると遥斗が目の前まで来て、片手で顎を持ち上げた。

「それって、妬いてるのか？」

強引な手に導かれ、視線が重なり戸惑ってしまう。

まさか、こんな場所で迫るつもり？

「あ……あのっ。他に用がないなら、もう会社に戻らないと……」

「素直じゃないな。里穂の顔には、俺にキスして欲しいって書いてあるけど？」

「私、まだ仕事中なのっ！」

そう言って強引に専務室を飛び出した。

自社に戻っても色々と考えてしまい仕事にならない。

このまま遥斗のそばにいたら、深い沼に落ちて抜け出せなくなる。きっとこれは、甘く痺《しび》れるような快感を植えつけて、離れられなくしようとしている企みなのだから。

今日は、あえて遥斗と距離を取るため、最近戻っていないアパートへ帰ることにした。

帰宅途中、小田からのメッセージが届く。

《最近、調子はどう？　里穂ちゃんと久しぶりに会いたいな。おいしいスペイン料理屋を見つけたんだ。今夜、食事に行こうよ》
《ごめんなさい。イベント前で仕事が忙しく、当分行くことができません》
思わず、そっけなく返してしまった。今さら一緒に食事をする気にもなれないし、とても他のことを考えている余裕なんてなかった。

遥斗には部屋の片づけがあると連絡を入れ、アパートへ帰る。しばらく部屋に戻っていなかったから、窓を開けて空気を入れ替え、簡単な掃除を済ませた。

でも、もし彼がここへ迎えに来てしまったら……。

きっと里穂は言われた通りに従い、簡単に遥斗の元へ行ってしまうような気がした。

本当に体の隅々まで支配されている気分だ。いっそのこと、思い切って遥斗に本当の気持ちを伝えてしまえば楽になるのに……。

そうわかってはいても、好きになればなるほど本心を聞くのが怖い。答えが出ないままベッドへ潜り込み、いつまでも眠りにつけないまま夜が過ぎた。

翌日、総務部で仲の良かった女子数人と外のレストランへランチに出かけた。

食事が終わり、エントランスからエレベーターホールへ向かう途中、里穂たちのところへ一人の男性が近づいてきた。

それは、一番顔を合わせたくない小田だった。里穂と一緒に歩いていた女子たちが気を使い、その場を離れる。

「相変わらず仲いいよねぇ～」

「私たち先に行ってるよー」

「うん……」

二人だけを残して、皆が先にエレベーターへ乗り込んで行く。一人残されて不安な気持ちが広がる中、仕方なく小田へと向き直った。

「最近、ごはん誘っても、いい返事がもらえないからさ……」

「もうすぐイベントなので、本当に忙しいんです」

「今日も行けないの？」

少し苛立つような、いつもより低い声で尋ねられた。

「ごめんなさい」

「そう……。そうか。わかったよ」

冷めたような表情で頷《うなず》くと、あっさり引き下がり、立ち去って行った。

「はぁ～……」

ホッとしてため息が出る。どう伝えたら諦めてもらえるのだろう……。

小田との距離感がまるで摑《つか》めない。もはや普通の友人としてつき合うことすら難しく感じていた。

その日も残業があり、やっと片づけを終え、帰宅しようとエントランスを出た。その直後、急に背後から誰かに呼び止められる。

「里穂ちゃん。僕も残業があって、遅くなったんだ。送って行くから一緒に帰ろうよ」

小田の姿に、一瞬ゾクッと悪寒が走った。未だに下の名前で呼ばれることも、こうして仕事が終わるのを待たれていることも、すべてに嫌悪感を覚える。

しばらく並んで一緒に歩いていたが、もう我慢することができない。

「あの……今日は、はっきり言わせてください。もうこれ以上、小田さんと親しくできそうにありません。実は私、他に好きな人がいるんです。だから、今後は個人的なおつき合いを解消させてください」

きっぱり伝えると、小田はすっかり黙り込んでしまった。沈黙のまま、しばらく一緒に並んで歩き続ける。

駅に到着すると、急に小田が満面の笑みを浮かべ、こちらに向き直った。

「どうして、どうしてかな？　だって、ちゃんと里穂ちゃんに確認したよね？　友達からやり直してつき合おうって……。それに、今は里穂ちゃんが、その相手を好きなだけだろ。必ず結ばれるかどうかはわからないよね。僕の気持ちはずっと変わらないんだよ。永遠に君のそばにいるから」

畳みかけるように言われた言葉が重すぎて、ぞくりとした。

「ごめんなさい。小田さんの期待には応えられません」

一言伝えると一礼してすぐにその場を離れ、足早に改札を通り抜けた。ホームに向かうと、タイミング良く来た電車に乗り込む。扉が閉まり電車が発車すると、小田の姿がないことに胸をなで下ろし、ため息をついた。小田の存在にますます恐怖を感じる。

これからどうすればいいのだろうか……。

遥斗にも迷惑がかかるから、当分レジデンスに行くことはできない。心細い中、アパートへの道のりを急ぎ足で帰った。


翌日は一人で帰宅するのが怖くなり、万智や、他の女子たちと一緒に帰ることにした。途中からはみんなと別れ地下鉄に乗り込む。電車内を見渡し、小田の姿がないことでやっと安心することができた。

最寄り駅に到着し、買い物でもして帰ろうとした瞬間、目の端にこちらを見つめる男性の存在に気づく。

駅前にあるバス停付近に、小田がポツンと佇《たたず》んでいた。仕事が終わる頃を見計らって、先にここで待っていたのだろうか。

改札を出ると、小田も同時にこちらへと近づいてくる。思わず逃げ出したくなり、アパートとは反対の西口方面へ向かった。しかし、西口周辺は閑静な住宅街が広がり、薄暗い道が多い。

とっさにコンビニがあることを思い出し、そこへめがけて駆け出した。背後から響く足音が同じ速度で迫り、崖にでも追い詰められているような感覚に陥る。

数メートル先にコンビニの明かりが見えてきた。明るい光にホッとして中へと飛び込むと、数名の客が買い物をしている。人がいることで少しだけ安堵《あんど》することができた。

本が並べてある窓際から外の様子を覗《のぞ》くと、小田がコンビニの駐車場辺りまで近づき、こちらの様子をうかがっている。どう逃げればいいのか迷っているうちに、彼が店内へ入って来てしまった。逃げ出そうにも足が竦《すく》んで動くことができない。

「里穂ちゃん、どうして逃げるの？　今日こそ僕がアパートへ送ってあげるから」

「………あ、あの……」

声を上げようにも緊張から喉が詰まったようになり、そのあとの言葉が続かない。

するといきなり手首を摑まれ、小田から強引に外へと引っ張られた。店から連れ出され、恐怖におののいたそのとき、目の前に大きな人影が立ち塞がる。

「里穂をどこへ連れて行く気だ？」

見上げると、遥斗がものすごい形相で小田を睨んでいる。

「ど、どこって……以前紹介したはずですよ。里穂ちゃんは僕の彼女で、部屋まで送り届けようと……」

遥斗は話も聞かず、小田から摑まれている腕とは反対の手首を摑み、強引に引き剝がした。

「悪いが、今は俺のものなんだ。覚えといてもらおうか」

凄みを聞かせた低音でそう伝えると、里穂を連れてコンビニを離れた。無言のまま強い力で引っ張られる。手首に痛みを感じたけれど、心の中では安堵感と感謝の気持ちでいっぱいだった。

彼の放った『俺のもの』というセリフが頭の中で反響する。

遥斗は近くに止めてあった車の助手席に里穂を座らせ、乱暴にドアを閉めた。そして無言のまま運転席に乗り込み、すぐに車を発進させる。

「ありがとう、遥斗。もし助けてもらわなかったらどうなることかと思った……。でも、どうして私がここにいるって……？」

問いには何も答えない。憤慨した様子で運転しているのか、普段よりハンドルの切り返しが荒くなっている。

「だから初めに俺が言っただろ！　安易に男を信じるから、こういうことになる」

「──なっ⁉　遥斗だって最初は騙《だま》して強引に連れて行ったじゃない」

「何度も言わせるな。俺のそばから離れるんじゃない！」

「………う、うん」

何も言い返せず、ただコクンと頷く。気がつくと、膝の上にある自分の手が小刻みに震えていた。今になって、言い知れぬほどの不安が全身を襲う。

それに気づいたのか遥斗が片手を伸ばし、冷えきった里穂の手の上へそっと重ねる。温かな指先が心を溶かし、やっと安心することができた。

レジデンスに到着し車から降りると、無言で手を差し伸べられた。嬉しくなってその手を摑むと、歩いているうちに指と指を絡め、力強く握りしめられた。部屋に到着するまでがあっという間で、とても短く感じてしまう。

もっとこうして触れあっていたい……。

二人で玄関に入り仕方なく手を離した。里穂を中へ入れると、遥斗は背を向けてドアを閉める。玄関へ上がり、廊下を進もうとする彼のあとを追った。遥斗の広い背中を見つめていたら、急に切ない気持ちが湧き上がり、思わず背後から手を伸ばしギュッと抱きついた。

「里穂。もしこの手を離さないなら、俺は何をするかわからない。今はとても、我慢できそうにないから……」

背中を向け、微動だにしない遥斗がポツリと呟く。

里穂は大きな背中にしがみついたまま、手を離さないでいた。今だけは、心も身体も遥斗の中に包み込まれたい。

「わかった。今夜は俺のことしか考えられないようにしてやるよ」

そう言って振り返ると、正面から力強く抱き寄せられた。顔を寄せ耳元に唇を当てると、舌先で耳奥を漁られる。吐息がかかり、くすぐったいような淫靡《いんび》な感触に、力が抜けそうになった。

「ふぁぁんっ……んんっ……」

遥斗は舌を立て、首筋や耳の裏側にツーッと這《は》わせる。角度を変えて里穂の感じる箇所を探ると、足元がふらついた。その間に彼の手がチェスターコートとジャケットを脱がせていく。手探りで腰回りにあるホックを外すと、履いていたスカートがスルリと足元へ落ちた。

上半身はニット、下はストッキングとショーツ姿にされた里穂は、キスを与えられながら、壁を背に廊下へ立たされた。

遥斗は羽織っているコートやジャケットなどを脱ぎ捨てると、里穂の足元にしゃがみ込む。

「なっ、何するの……⁉」

「まずはこの邪魔なものを取り去ろうか」

「やっ……」

宣言通り、ストッキングとショーツを下ろすと、嫌がる里穂の片足を持ち上げ、すんなりと足首から引き抜いた。誘導するようにもう片方の足首から抜き取ると、下半身は何も身に着けていない状態になった。自らの恰好《かっこう》に戸惑いと淫猥《いんわい》な感覚が同時に押し寄せる。

「里穂、まだ覚えてもらっていないことがある」

遥斗の視線は密やかな場所へ注がれ、手のひらで遮る里穂の手首を掴んで彼の前に晒《さら》された。見つめられている羞恥心と肌寒さに、内股を擦り合わせる。

すると遥斗はいきなり里穂の足首を摑み、片足を軽々と自分の肩へ持ち上げた。

「いやぁっ……」

里穂は拒むように体をくねらせた。遥斗は陶酔した眼差しで顔を近寄せる。

「濡《ぬ》れてキラキラしてる。鮮やかで引き寄せられるほど綺麗《きれい》だ。すぐにいいと言わせてやるから」

遥斗は意気込んで近づくと、里穂の潤い始めた秘裂に顔を埋めた。すぐに生温かくてヌメヌメとした感覚が里穂の秘所を襲う。遥斗の舌先が陰核を刺激し、水音を響かせ始めた。瞬時に頭の中が真っ白になり、舞い上がるような感覚に全身が波打つ。

「やぁぁっ……こんなの、だめぇぇ……」

まさかそんなところを舐《な》められるとは思わず、激しい羞恥心と体験したことのない快感が全身を突き抜けた。必死で遥斗の頭を押さえつけ抗うが、蜜口に差し込まれた舌が吸いついたように離れない。

「んんっ……あぁんっ、はぁぁっ……」

遥斗の舌先が何度も柔襞《やわひだ》をなぞり、敏感な蕾《つぼみ》を口に含む。抑制できない愉悦に、熱を帯びた秘芯がたまらなくヒリつき、里穂は喘《あえ》ぐように天井を仰いだ。淫水をすすり上げる音が廊下中に響き、耐え難い悦びが一つに集中する。

「奥からドクドクと甘い蜜が溢《あふ》れ出す。この味は、くせになりそうだ」

「ひゃあんっ……まって……はるっ」

舌の動きは巧妙で、硬く尖《とが》らせては突いて、柔らかく舐め回したと思うと肉芽を弾くように転がす。

「あぁんっ……やぁんっ」

蕩《とろ》けてグチャグチャになった蜜口は、どこを刺激されても甘い高揚感を誘い出す。遥斗が舌先のストロークを早めると身体の奥が大きくうねり、目を閉じた瞬間、火花のようなものが散って何もかも溢れ出しそうになった。

「だめぇぇ……もうっ……」

腰が抜けそうになり、足に力が入らない。遥斗が腰を支えると、里穂の身体は壁を伝い、ずるずると衣類が散らばる床に崩れ落ちた。

「はぁんっ。……っく……もう、ムリなのぉ」

壁を背に座り込んだ里穂は足を広げたまま脱力している。こらえ切れずに溢れ出た蜜液が、太腿《ふともも》の辺りを濡らしていた。

「もう中が溶けてトロトロだ。もっと気持ち良くなりたいだろ?」

遥斗はベルトのバックルを緩め、ファスナーを下げる。ズボンの奥から鋼のような男根を引き出すと、里穂の腰を抱き寄せ、向かい合ったまま膝の上に乗せて、秘裂に押し当てた。咲きほこるように開いた花芯はぬかるみ、遥斗のものを容易に奥深くへ呑み込んでいった。

「んぁあっ……。遥斗の……すごく熱い」

焼けつくような遥斗の化身を身体の奥に感じて、里穂の心は徐々にほぐされた。

「柔らかで纏《まと》わりついて、こっちまで溶かされそうだ」

里穂の着ているニットを捲《めく》り上げると、ブラの隙間から手を滑り込ませ、膨らみを揺らした。

「あんっ」

胸の尖りを軽く指で弾かれるたびにビクンと全身が跳ね、遥斗と繋《つな》がっている襞がキュンと収縮する。里穂の上半身を廊下の壁にもたれさせ、ゆっくりと抽挿を繰り返す。そのたびに悦びが解放され、濃密な感覚と一つになれた幸せが里穂の心を満たした。

「里穂……ずっと俺のものでいてくれ」

その言葉を、告白だと思ってしまった里穂は、心地良さに浸りながらコクンと小さく頷いた。遥斗は結合している里穂の体を強く抱き寄せる。里穂はワイシャツの隙間からそっと手を伸ばし、隆起した彼の背中に直接触れた。熱を帯びて硬く引き締まった筋肉が指先に吸いつき、さらに近くで感じたくなる。

「遥斗、もっと抱きしめて」

「いいよ。嫌だと言っても離さないからな」

遥斗はいったん引き抜くと、力なく壁に寄りかかる里穂の体へ手を伸ばした。

ぐったりとした里穂を軽々抱き上げると、自分の寝室へ連れて行きベッドへ寝かせる。着ているニットを頭から脱がせると自らも裸になり、里穂の上へ覆いかぶさった。

お互いの身体を重ね合わせると肌が直接触れ、滑らかな感触が心地いい。熱を発する遥斗の胸元や腿でじんわりと温められ、すぐに全身がポカポカしてきた。

この逞《たくま》しい腕の中で抱きしめられ、守られているかと思うと、それだけで里穂の秘唇が震えてくる。

「遥斗とこうしているだけで、とても安心する」

「俺も……ずっとこうして里穂を抱きたくて仕方なかった」

優しい囁《ささや》きが耳元でこだまする。吐息が里穂の耳元にかかると、くすぐったさに身を縮めた。その様子を見て遥斗が耳たぶを甘噛《あまが》みし、尖らせた舌先で耳奥を浅くなぞる。同時に指先が胸の先端を優しく揺らし擦り立てた。すぐに反応して熱く膨らみ、硬く充血していくのがわかる。

「ふぁんっ……はぁんっ……」

遥斗の繊細な愛撫《あいぶ》に里穂の溶け出した蜜壺《みつつぼ》はさらに刺激され、腿の辺りを濡らしていた。

「どうだ、もっと入れて欲しくなっただろ？　里穂の口から聞きたい」

「そんな……言えない……」

遥斗が体を離した直後から深部がじわじわ疼《うず》いていることは自分が一番よくわかっている。

「それなら言わせてやるまでだ」

遥斗が体を屈め、胸の尖りを口に含んだ。舌先で転がすと口腔《こうこう》内で弾くように波打たせる。

「いやぁぁあっ……」

繊細な舌の動きに耐えられず、腰が砕けるように沈み、体全体が宙に浮かぶような感覚がした。硬くなった胸の先端を片手で刺激しながら、もう片方は口の中でおもちゃのように弄ぶ。遥斗の舌先は意地悪で、柔らかく滑らせたかと思うと強く擦り上げ、強弱をつけながら里穂を快楽に導こうとしていた。

「あぁぁんっ……はぁんっ……もう、だめぇっ」

耐えられない快感が絶え間なく訪れ、腰を大きく反らせる。

「里穂、俺の方が我慢できない」

その瞬間、遥斗が腰を近づけると、すぐに秘裂を押し分けて硬く尖ったものを突き立てた。滑りの良くなった隘路《あいろ》は容易に奥深くまで到達する。

「んあっ……いいっ」

待ち焦がれた感覚に満ち足りて、思わず声が出てしまう。熱い肉棒は里穂の身体を惹きつけ、強烈な快楽へと誘った。遥斗は里穂の片手を取ると指を絡め合い、腰を前後に揺らして息遣いを荒くする。

肌を重ね一つになれた至福感で、さっきまであった不安感や羞恥心は消え、遥斗を素直に感じられた。

「あぁ～ん……」

自分のものとは思えない大きく淫らな声が漏れ出てしまう。遥斗は恍惚《こうこつ》の表情で優しくストロークしたかと思えば、嬌声《きょうせい》に合わせて急に力強く突き上げる。

「はる……んぁぁ〜っ」

満たされ繋がった場所からは、湿った音が絶え間なく聞こえ、遥斗が吐息を漏らした。

「里穂の感じてる声も表情も、たまらなくいいよ」

そう呟くと、結合したままの体勢でしばらく動きを止めた。遥斗はベッドに両手をついたまま額に汗を浮かべ、恍惚の表情をこちらへ向ける。

目の前にいる遥斗は里穂だけを見て欲情し、こうして必要としてくれている。そう思うだけで嬉しくなり、体の奥がキュウッと絞り上げる感覚がした。

「動かさなくても里穂の中が強く締めつける。今度こそどうして欲しいのか聞かせて」

「は、遥斗に……もっと……」

「もっと?」

意地悪そうな目つきで里穂の顔を覗き込む。里穂は遠慮がちに、上目遣いで呟いた。

「一緒に気持ち良く……なりたい……」

遥斗の表情が一瞬緩む。

「そんなにかわいい顔でお願いされたら、許すしかないだろ」

「んあぁんっ……」

そこから激しく何度も突き上げられ、遥斗の熱い楔《くさび》を幾度となく受け止めた。どうしようもない悦びと逃れようのない陶酔に遥斗の体にしがみつき、絡めた指先に力が入る。内部に何かがほとばしる感覚がして、遥斗は体を硬直させて全身を反らせた。挿入したものを引き出すと、脱力したように里穂へ体を重ね、こちらへ身を委ねる。

　遥斗は昂《たかぶ》っていた体を落ち着かせようと全身で息を切らし、呼吸を整えた。長い息を一つ吐くと、顔を上げて里穂を見つめる。

「里穂の身体は抱くほど深みにはまる。もっと悦ばせてみたいな」

　瞬時に里穂は頭を横に振ると、遥斗の目つきが鋭く光った。

「困ったような、その表情を見ていると余計襲いたくなる。言っただろ。今夜は何をするか、わからないって」

「ま、待って～……。気持ち良すぎてどうにかなっちゃいそうなの」

　遥斗の目つきは、いっそう獰猛《どうもう》になって、まだまだ許してくれそうにはない。スイッチが入ったように鎖骨の辺りへ顔を寄せると、舌先を立てて上へと滑らせ、不意打ちするように耳の奥へ突き立て、深く差しこんだ。

「ふぁぁんっ……そんな風に舐めたら……」

「里穂は、こうしてじわじわ責められるのが好きなのか？」

「ち、違うよ……だって、遥斗が変なことばかり教えるから………あぁんっ」

　その夜は言葉通り、いつまでも許してくれず、何度となく享楽に酔いしれ、嬌声を上げ続けた。

頬や耳元に柔らかな感触がして目を覚ます。

明るい陽ざしの中、どうやら遥斗がしつこく里穂へキスを落としているようだ。

「起きたか?」

「あれ……仕事は?」

「今日は土曜だろ。休みだよ」

昨日は体を重ねたまま寝てしまったから、お互い布団の中で一糸纏わぬ姿でいた。遥斗の手が布団を持ち上げ、中の様子をまじまじと覗いてくる。

「明るい場所でゆっくり里穂を眺めるのも、いいもんだな」

「やぁっ。やめてよっ!」

慌てて毛布を引っ張って抵抗した。

「昨日あれだけ乱れといて、今さら恥ずかしがるか? それに、俺のこと欲しがったのは里穂の方だろ」

「何よっ! その言い方。まるで私が欲求不満みたいじゃない」

「いい傾向だ。俺が教えたことをきちんと覚えてる証拠だよ」

飼い主が褒めているような言いように、ちょっとムカついた。遥斗を求めていたのは事実なだけに、これ以上反論できない。むくれて背を向けていると、後ろからそっと慰めるように頭を撫でられた。

「さあて、今日もたっぷりと里穂のことを悦ばせてやろうか？」

遥斗がいつものように手を伸ばす。捕まってしまうのを見越して、里穂は布団の隙間からスルリと抜け出した。近くにあった毛布を掴むと、体に巻いて立ち上がる。

「きっ、昨日は私がどうかしてたの。でも遥斗に助けてもらったこと、すごく感謝してる。だから今日はお礼においしいものでも作るね」

遥斗は残念そうな顔をしながら抜け殻のベッドで肘枕をして、こちらを見上げた。

「俺は里穂が食べたいんだけどなぁ。おいしい料理か……。ま、期待しないで待つよ」

キッチンへ向かいながら、ため息をつく。昨日の自分を思い出し、後ろめたい気持ちになった。

このまま一緒にいると、私は都合の良いセフレになるっていうこと？

昨日のような自分の態度は、まるで里穂自身がそう望んでいるかのように見えてしまう……。

冷蔵庫を開け材料を吟味し、ベーコンと野菜をコトコト煮込み、それから一時間近く奮闘して、テーブルで待つ遥斗の前にミネストローネとパンを並べる。

「腹が減りすぎて、何でもおいしく感じそうだ」

「待たせすぎちゃって、ごめんね。さっそく食べてみて」

「いただきます」

遥斗がスプーンを手に、煮込みすぎてトロトロになった具材をすくい上げ、口に入れた。

「野菜の味が溶け出して、スープはうまいよ。これなら噛まなくても飲み干せそうだ」

「えへへ。ちょっと煮込みすぎちゃって……野菜がどっかへ消えちゃった」

遥斗に食べてもらうには、ちょっと恥ずかしい出来だけど、味だけは褒められてホッとした。

「ただ、男を落とすには、もう少し勉強する必要があるな」

「遥斗も料理が上手な人と結婚したいの？」

「俺が結婚したい女？　そんなもの、料理ができようができまいが最初から決まってる」

食事をしながら視線も合わせずあっさりと話す遥斗の態度で、急に鼓動が速くなる。

この反応……明らかに里穂のことではない。勝手に期待して尋ねる自分に呆れてしまう。

以前、桂木が言っていたセリフを思い出した。

遥斗は一人しか愛せないって……。やはり、彼女がそのお相手なのかも。

「もしかして、身近にいる人？」

「それは秘密だ。俺の結婚問題は経営にも関わってくる。家族を説得するには、まず外堀を埋めないとな」

言われたセリフを一人噛みしめ、一つの答えに辿り着く。

やっぱり私はセフレ確定なんだ……。

悲しすぎる現実に目の前にあるスープとパンを口いっぱいに頬張り、ヤケになった。

「リスみたいになってるけど大丈夫か？」

「気にしないで。作ったからには責任もって食べるから」

遥斗は里穂に優しい眼差しを向け、何かを思い出したように真顔になった。

「ところで、あのストーカー男のことだが。しつこそうに見えるから、しばらく仕事を休んだらどうだ？　来週は仕事が忙しいから迎えに行くことができない。それとも他の者を迎えにやろうか？」

確かに、あんなに怖い目に合うと、今後何をされるのかわからないし、アパートにはとても戻れそうにはない。でも、このまま遥斗に迷惑をかけ続けるのも心苦しかった。

「休みたいけど、そろそろイベントの準備で忙しいから。それに今休むと、会社から何て言われるか……」

「そうか。それなら、あの男の犯行をラングルに報告して決着をつけよう」

「まっ、待って！　今、遥斗に出てこられたら、話がもっとややこしくなっちゃう。何とか一週間だけ休みを取ってみるからっ」

心配してくれるのはありがたいけれど、出資元の専務が社内の恋愛問題なんかに口出ししてきたら、きっと大問題になる。

仕方がない。今回は体調不良を理由に休むしかないかな……。

「そうとなったら、しばらくは安心できる」

「そうだ、昨日はどうして私の居場所がわかったの？」

ずっと疑問に思っていたことを尋ねた。

「里穂の安全を守るために、しばらく人を頼んで監視させていた。昨日は様子がおかしいと連絡が入り、急いで駆けつけたんだが、やはり張り込ませておいて正解だったな」

「なっ！　それって、まるで遥斗の方がストーカーみたいじゃない」

「そうだよ。俺は里穂に復讐《ふくしゅう》しているんだからな」

改めて言われるとちょっと悲しかった。里穂の存在は、遥斗から愛されているようで、やはり復讐相手なのだろう。

きっと思いっきり惚れさせておいて、最後は冷たく切り捨てるつもりなのだ。

「遥斗、いつから私のこと見張らせていたの？」

「あのストーカー野郎に泣かされたあとからだ」

「理由はともかく、ありがとう。ずっと心配してくれていたんだね」

「里穂は俺のものなんだから、当たり前だろ」

その言葉に一瞬勘違いしそうになった。甘い言葉に聞こえていても、結局里穂は都合よく所有されているだけの話なのだ。それにこうして大事にされている理由は、きっと里穂を弄ぶためなのだろうから。

これからも騙されないように気をつけないと……。

普段から気を引き締めて向き合っているつもりが、遥斗のそばにいると、その意志も簡単に崩れ去ってしまう。いつかはこの関係も卒業しなくてはならないというのに。

遥斗が自分の部屋へ行っている間、キッチンやリビングの掃除を済ませた。

夕食メニューの希望を聞こうと、遥斗の部屋の前で立ち止まる。ドアの奥から声が聞こえ、ノックしようとした手を思わず引っ込めた。

「しつこいな、見合いはしないって言っただろ。来年の就任までには相手を紹介するさ。そうだ。一緒にアプリ関係の仕事をしている女性だ」

うちの会社で他に会っている女性はいないはずだし、やはり桂木以外は思い浮かばない。そうだよね……。やっぱり遥斗を想う気持ちは、もう終わりにしないと……。

気持ちを切り替えて、室内が静かになったのを確認し、ドアをノックした。

「夕食に遥斗の食べたいもの作るけど、何がいい？」

「里穂が作るなら、何でもいいよ」

「あの～。一番困る答えなんですけど」

こうしてずっと遥斗のそばにいられるのなら、いつでも好きな物を作ってあげられるのに。そう思うと、ちょっぴり切ない。

冷蔵庫とにらめっこをしながらメニューを考えるが、食材が足りなくて悩んでしまう。せっかくなら遥斗を驚かせるものを作りたい。スマートフォンで検索して、レシピサイトをくまなく調べた。

彼氏が喜ぶレシピ……鶏の唐揚げと書いてある。ところが、残念ながら鶏肉は冷蔵庫に置いていない。

里穂は思い立ち、着替えを済ませ近くのスーパーへ行こうと玄関に向かった。靴を履いている最中、背後から声がかかる。

「どこへ行くつもりだ？」

「あの……夕食を作るのに、ちょっとお買い物へ」

「一人で行動したら危ないだろ。俺を心配させるなよ。食事なら、家にあるもので充分だ」

「で、でも……せっかくならおいしいものを作りたくて……」

里穂の残念そうな表情に、遥斗が呆れて口元を緩ませた。

「わかった。そんな顔するな。一緒に行くよ」

エントランスを出ると、すぐに肌寒い空気に包まれた。コートを着ていても、体を突き抜けるような冷たい風が吹いている。駅ビルに直結したスーパーだから、急いで歩けば数分で着く。早足で歩くと遥斗の手が近づき、里穂の腕を掴んだ。

「手が冷えるだろ。しばらく、こうしていよう」

里穂の右手を遥斗のコートの左ポケットへ入れ、彼の温かな手で握りしめられた。こうして恋人みたいに触れ合っていると、一瞬何を買いに来たのか忘れそうになってしまう。

里穂の心は、すっかり買い物どころではなくなった。

どうにか用を済ませ帰宅すると、里穂の周りをうろつく遥斗を部屋へ押し込み、キッチンで準備を始める。料理の得意ではない里穂にとって、揚げ物はハードルが高い。

鶏肉に味つけをして油を用意したまではいいが、揚げる量やタイミングがわからない。

スマートフォンを片手に、絡ませる粉を袋からバットへ広げていた。

「きゃあっ」

袋が手から滑り落ち、足元にこぼれて一面真っ白になった。粉だらけになったキッチンマットを片づけようと慌てて座り込む。

すると、いきなり背後から大きな影が現れ、里穂の真横に立つと、手元にあった肉に粉をまぶし調理を進める。

「心配で見ていられない。あとは俺がやるから、里穂は足元を片づけろ」

「で、でも……」

「唐揚げを作りたいんだろ？」

「う、うん」

本当は完成度の高い唐揚げをいきなり遥斗の目の前に差し出して、びっくりさせるはずだったのに……。

遥斗は手際よく粉をつけ、油の中へ落としていく。慣れた手つきで段取りよく調理し、あっという間にカラッと揚がった唐揚げが皿いっぱいに完成した。

結局、里穂は感心して隣で覗いているだけで、つけ合わせのサラダくらいしか活躍できずに終わってしまう。

「全部、遥斗に作らせちゃったね……」

「里穂のケガを心配するよりはよっぽどいい。おいしくできてるぞ」

そう言って遥斗が小さな唐揚げを指でつまんで、里穂の口元へ運んだ。素直に口を開いて食べようとすると、わざと意地悪をして口から遠ざける。

「もう～。ひどいよ！」

「冗談だよ。ほら」

里穂の抗議に遥斗のつまんだ唐揚げが、また口元へと向けられた。今度はきちんと食べようと、さっきより大きな口を開けてこちらから近づくと、いきなり遥斗の唇が重なる。

「んんっ⁉」

驚いているうちに口の中に遥斗が舌を滑り込ませ、すぐに離れた。

「……ちょっ、いっ、いきなり何するのっ‼」

「里穂が色っぽい顔で俺の方を見て口を開くから……つい」

「もうっ。油断ならないんだから！」

頬を染めながら抗議の視線を向ける。こんな時に不意打ちしないで欲しい。楽しい夕食を想像していたはずが、遥斗の目の前で失敗したことで里穂はすっかり自信をなくし、静かな時間となってしまった。

「まだ怒ってるのか？」

里穂が食器を洗っている脇で、遥斗が顔を覗き込んでくる。

「怒ってなんかないよ。ただ、自分の力不足を感じてるの。遥斗の方が器用だし、仕事もできるし、何しても敵わないなぁって……」

気落ちしたまま、泡のついたスポンジで茶碗《ちゃわん》を擦る。

遥斗は何でもできてしまうから、よっぽど優秀で世話好き女子でないと太刀打ちできない。

「俺のために作ろうとしたんだろ。気持ちは充分伝わったよ。それに、里穂が人を思いやる気持ちには適わないから」

遥斗は優しい眼差しで里穂の顔を見つめた。沈黙したまま視線が絡み合い、恥ずかしくなって泡だらけの食器に視線を落とした。

あまり面と向かって褒めないでほしい。こうして二人で過ごす時間が増えるほど、隣にいたくなってしまうのだから。

物思いにふけっているところに、遥斗がまた顔を近づけた。慌てて後ずさりをする。

「こ、今度は何するつもり!?」

「ただ、里穂の顔をじっくり見たいだけだよ」

そう言っていきなり腕を引っ張ると、一瞬軽く頰に触れるキスをされ、何事もなくその場を立ち去った。

遥斗って、本当にずるい。こうやって油断させて、心を弄んで。こんなことされて、恋に落ちない女子がいるわけないじゃない……。

残された里穂は、頬を押さえながらキッチンで立ち尽くした。

週明け、会社には体調を崩してベッドから起き上がれないので、一週間休ませて欲しいと伝えた。課長に連絡を入れた際、意外とスムーズに納得してくれたのに驚く。万智にメッセージで様子を尋ねると、以前里穂がカゼで玄関先に倒れたことを話していたから、課長へ口添えしてくれたらしい。こんな時にまで助けてくれるなんて、とてもありがたく感じた。

それから遥斗の帰りを待つ一週間が始まった。

朝ごはんを作り二人で食事を済ませると、遥斗を見送ってから洗濯と掃除を片づけた。ついでに遥斗の部屋も片付けようと思い、ドアを開けようとして異変を感じる。

——あれ？　開かない。

「まさか、鍵がかけてあるの？」

ドアノブをガチャガチャ動かしてみるものの、びくともしない。二人でいる時はいつも開いてるはずなのに、遥斗がいない間に何か見られては困るものでも置いてあるのだろうか？

不思議に思いながらも彼の部屋に入るのを諦めた。

今夜のメニューは鍋料理で、材料を切り終わるとすることがなくなってしまう。遥斗の連絡を待ちながら、時間をやり過ごすために、流れているテレビをぼんやり見つめた。

結局、遥斗が帰って来たのは十一時過ぎだった。しかも急な仕事が入って、夕食は会社で食べてきたらしい。

「ごめん。忙しすぎて連絡する時間がなかった」

帰宅した遥斗を玄関から追いかけると、何かがふんわりと香る。

あれっ、この香り……。

桂木がつけていた香水と同じ香りがしていた。

「ごはんって、もしかして接待とか？」

「いや、いつも会社で利用しているデリバリーがあって、それで済ませた」

彼女とは同じ会社なのだから一緒にいて当然のはずなのに、もし仕事と偽って桂木と会っていたのだとしたら？

ネガティブなことばかり連想してしまう里穂は、桂木と遥斗が一緒にいる場面を想像し、それだけでムシャクシャしてしまう自分に驚いた。

まさか、遥斗のつき合ってる女性に嫉妬するだなんて……。

湧き上がるモヤモヤした感情を心の奥底にギュッと押し込み、用意していた鍋を一人で食べた。

翌日からは遅い帰宅でも、きちんとごはんは食べてくれるようになり、遥斗の帰りを待つだけの生活が五日過ぎた。仕事が忙しいせいで、顔を合わせる時間は意外と少ない。

金曜の夜、思い切って遥斗へ尋ねた。

「ねぇ、週末のスケジュールは空いてる？」

「土曜は資料に目を通して連絡する案件があるから出勤する予定だ。日曜なら空いてるが」

「それなら、たまにはどこかへ出かけない？」

すると一瞬、遥斗の瞳が驚いたように大きく輝き、すぐに満面の笑みを浮かべた。

「まさか、里穂からデートに誘ってくれるのか？」

「デートなんて、大袈裟だよ」

確かに、今まで自分から提案することなんてめったになかった。

「たまには遥斗と一緒に出かけるのも、いいかなぁって……」

「いいね。どこへ行きたい？」

「どこって……」

「なんだ。行きたい場所があるわけじゃないのか。――わかった。俺が計画しておく」

「うん」

以前、電話口で話していたセリフが引っかかっていた。

来年までには親に紹介するって……。

もしかして、そう遠くないうちに、ここから放り出されるのかもしれない。

散々甘やかして、夢中にさせて、捨てられる。きっとこれが遥斗の言う復讐の形なのだろう。そうはわかっていても今の里穂はすっかり遥斗に心奪われ、すぐに離れることができそうもなかった。

里穂が誘ったのは、単に二人でどこかへ行きたかったからではない。いつか遥斗の元を去る時に、ずっと大切にできる思い出が欲しいと思ったからだ。

楽しみにしていた日曜日。遥斗はグレーのパーカーに黒のスキニーパンツ姿で、いつもよりラフな格好をしている。黒のパンツが長い足をさらに強調して、モデルのようなスタイルに思わず見とれてしまった。

「何だ？　ちょっとラフすぎたか？」

「んっ⁉　ううん。そんなことない」

「今日の里穂は一段とかわいいよ」

目を細めながら上から下に視線を動かし、こちらを眺めている。里穂は照れながらも、心の奥でひっそりと喜んでいた。

実は朝から張り切って、入念に出かける準備をしている。髪のブローやメイクに時間をかけ、ロング丈のニットワンピースにストールを合わせ、何度も鏡を覗き込んでは隅々までチェックをした。そして、ショルダーバッグには秘密のプレゼントまで忍ばせている。

「それじゃあ、出かけようか？」

「うん」

いつもより幸せな気分で返事をすると、遥斗が車のキーを手に取り、二人で玄関を出た。

二時間後、車は都心を抜けて郊外を走り、なだらかな山道を登っていく。

しばらく進んだ山の中腹には、切り開かれたような駐車場が広がっていた。その奥に木々の間を縫って、コテージがいくつも点在して建てられている。

車から降りると、さっそく思いきり息を吸い込んだ。遥斗も隣で大きく伸びをする。

「ここで呼吸すると、なんか生き返る～」

「そうだな。都会では味わえない空気だよな」

駐車場の脇に建てられた管理棟で鍵を受け取ると、コテージの一つへ向かう。

丸太で作られたコテージには、可愛らしい小窓やテラスがついている。ドアまでの階段を上がり、鍵を開けて中へと入った。部屋には暖炉があり、薪がくべられ赤々と燃えている。室内は暖められて、心地良い温度になっていた。この中でなら薄着でも快適に過ごせそうだ。

「山奥にこんな場所があるなんて知らなかった。これなら都心から数時間で到着できて、自然の中で別荘のように過ごせるね」

「ここは最近オープンしたコテージタイプの宿だ。お互いの宿が離れた場所に点在しているから、プライバシーが保たれて人気があるらしい。今日は日帰りなのが残念だけどな」

「急にここへ来るって決めたのに、どうやって予約したの？」

「TSAは不動産業が主体だから、知り合いに連絡すればすぐに用意してもらえる」

部屋のベッドやイス、テーブルなどはシンプルで、飾り気のない木製のものばかり。部屋全体から木のいい香りがして心が安らいだ。

「食事はフロントへ連絡すれば運んでくれる。野菜中心のレシピが人気らしいぞ」

「調理道具もあるのね。食材があれば何か作れそう」

キッチンを覗くと、戸棚には鍋や包丁などの道具が収納されていた。

「フロントに言えば食材を持って来てくれるが、今日は里穂にゆっくりしてもらいたい」

すぐ隣に立っていた遥斗が、里穂の前髪に触れながら呟いた。

なんだか気まずい……。こんなに素敵な場所で二人きりでいたら、変な雰囲気になっちゃいそう。

「あっ、あのっ、せっかくだから、ランチ前にお散歩でも行こうよ。こんなに大自然が近くにあるのに、ここにいたらもったいないでしょ」

「そうだな。少し寒いが、森林浴にでも行こうか」

コートを羽織り外へ出ると、キリリとした寒さと澄み切った空気に満ちていた。深い森からは木や土の香りがして、体中で吸収したら充電できそうな気がしてくる。

整備された散策路に沿って歩くと、小川が流れている場所に出た。近づいて屈み込み、指先をそっと水に浸してみる。

「冷たっ……」

あまりの冷たさに驚き、すぐに手を引っ込めた。その拍子に足元が滑り、体のバランスを崩して後ろへよろめく。

「おっと」

すぐ後ろにいた遥斗が、タイミング良く里穂の背中を抱き留めた。思わず振り返り、彼の顔を見上げてしまう。明るい陽ざしの中、ダークブラウンの色をした遥斗の澄んだ瞳に見つめられ、綺麗な光彩に吸い込まれそうになった。

「……きゃははっ」

突然、背後から若い女性の笑い声が聞こえ、慌てて前に向き直った。

「もう行こう……」

遥斗が里穂の手を取り、指を絡ませ恋人繋ぎにすると、引っ張られるようにそこを離れた。帰り道の途中、先ほど笑い声を上げた女性とその恋人らしき男性とすれ違う。向こうはこちらのことなどお構いなしに男性は女性の腰に手を当て、お互いを見つめ合いながら楽しそうな様子で通り過ぎていく。

堂々とあんな風に過ごせたらいいのに……。

里穂と遥斗は、一見普通のカップルのようで、その関係性はとても複雑だ。

絡め合った指先から遥斗の温もりが、じんわりと伝わる。

いつかこの手を離さないといけない……。そう思うと急に現実に引き戻され、約束のない未来が虚しく、無性に切なく感じられた。

コテージに戻ると、野菜がメインのランチをオーダーすることにした。

注文して三十分後、管理棟併設のキッチンからすぐに届けられる。バーニャカウダに、根菜のトマトスープ。リンゴのカラメルソテーと旬野菜のリゾット。

「ここの料理、どれも手が込んでておいしいね！」

「良かった。里穂に喜んでもらえたなら、俺は満足だ」

今は楽しいことだけを考えたい。出されたものをゆっくりと味わい、残さず食べた。

遥斗の楽しそうな表情を見ながら一緒に食事をして、そして冗談を言いながら笑い合う。それだけで今は大切な時間となるのだから、この瞬間をずっと忘れないでいたい。

ジワッと目の奥が熱くなり、切なくなるのをごまかすために立ち上がった。椅子に置かれたバッグを探り、プレゼントを取り出す。

「あのね、いつも遥斗にお世話になってるから……」

リボンをかけた箱をテーブルの上に乗せる。

「なんだ？」

「ちょっと早いけど、バレンタインのつもり。──あっ、全然変な意味じゃないから。今、流行りの友チョコだよ」

何も聞かれていないのに、ペラペラと言い訳のような理由を並べる。昨日、こっそりと作っておいた秘密のプレゼントだった。

「開けていいか？」

里穂が頷くと遥斗は赤いリボンをほどき、小さな箱を開けた。中にはハート型をしたアルミ容器に入ったチョコレート……のはずが、中身が溶けかかっていて形がひしゃげている。

「やだっ。溶けてるっ……」

「この部屋、暖かいからな」

「どうせバカにしてるんでしょ？」

「してないよ。だから、そんな泣きそうな顔をするな」

「だって……」

遥斗の言う通り、自分が情けなくなってきた。

本心を話すこともできないし、一生懸命作ったチョコは溶けてるし……。

すると遥斗は箱に入ったチョコを一つ手に取り、アルミをはがして口の中へ放り込んだ。満足そうな顔で味わうと、真剣な目で里穂を見つめる。

「味はおいしいよ。ありがとう」

まっすぐに目を見つめ、優しい口調でお礼を言われると、心にじんわりと沁《し》みてくる。

「あの……遥斗。今さら昔のことなんだけど。――ごめんなさい。Pちゃんなんて呼んだり、からかったりして。こっちはかわいがっていたつもりでも、言われた方はそうじゃないこともあるよね。今の自分なら、よくわかるから……」

遥斗が一瞬驚いたような表情を浮かべ、次第にふんわりとした顔つきになった。

「里穂なりの謝罪ってこと？」

「私がしたことで、遥斗のこと、たくさん傷つけちゃったかなぁって……」

いつの間にか鼻声になり、言葉が見つからなくなる。

「俺は逆に感謝してる。あの時、里穂にからかわれていなければ、鍛える努力もしなかっただろうし。こうして里穂と再会することもなかったから」

「それじゃあ……幼稚園時代、園庭で転んで大ケガしたこと、覚えてる？」

「あぁ、手を痛めた時か。大泣きしたことは覚えてる」

「手に包帯グルグル巻きで……あれって、私が遥斗を置き去りにしちゃったから……ケガするところも見てたのに、先生にも言えなくて。それで……ずっと……申し訳ないなぁって……」

当時のことを思い出し、心苦しい気持ちがこみ上げ、視界が滲《にじ》んでぼやけてしまう。

すると遥斗は急に席を立ち、座っている里穂の背後に回ると、上半身を包み込むように抱きしめてくれた。

「もう気にするな。覚えているのは泣いたことだけだ。今は鍛えたおかげで、もっと強く里穂を抱きしめることができる。それから、こんなことも」

背後から遥斗の手が伸びて、テーブルにあるチョコを掴んだ。彼は軟らかくなって溶けたチョコを口にすると、唇を重ねてきた。遥斗が食べたかけらを、里穂の口へそっと押し込まれる。口の中で溶けたチョコは、遥斗の舌でかき混ぜられた。

「はうっ……」

甘く溶けていく濃厚なチョコレートと、痺れ始めた身体にぼうっとなりながら、必死で遥斗の上半身を押し戻した。

「……もう、やめてっ」

「もっと欲しそうな顔しているけど?」

「遥斗、お願いがあるの。しばらくは、あなたのそばにいるから、その代わりこういう関係は……もう終わりにして欲しい」

いつも以上に真剣な態度が伝わったのか、遥斗はフッと力が抜けたように頬を緩ませた。

「――わかった。里穂への復讐は、そろそろ終わりにするよ」

遥斗の低音が耳の奥まで響いて伝わる。口の中にはとろとろに溶けたチョコの味と、遥斗の舌の感触がいつまでも残った。


暖かな室内で暖炉の火を見つめながら、ゆっくりとコーヒーを楽しむ。その途中、遥斗が幼稚園時代のことを思い出し、懐かしい話をいくつかしてくれた。

先生を驚かせようと教室に虫を入れて叱られたことや、食べられない野菜をいつも里穂の食器へ移していた話など、お互いの記憶の答え合わせでもするように話し続けた。時折、二人の会話に相槌《あいづち》でも打つように、薪が燃えてパチンッと火の粉が跳ねる。

そうして楽しい時間はあっという間に過ぎていった。チェックアウトを済ませ、車は都心へと向かう。

「せっかくだから、もう少しどこかへ足を延ばそうか？」

「明日はお互い仕事でしょ。遅くなるから、もう帰ろう」

遥斗はさっき交わした約束も、気まずさも、まるで何もなかったかのように、自然に接してくる。

一方、里穂は特別な一日が終わってしまうことにすっかり意気消沈して、黙り込んでいた。遥斗を拒否したことで、きっとこの関係は間もなく終わりを告げるだろう。

車内では遥斗が気を利かせて、スローテンポなジャズをかけてくれていた。

レジデンスが見えてきた交差点で赤信号になり停車すると、膝に置かれた里穂の手に遥斗の手が重なる。

「里穂、俺の体はいつでも空いてるから、寂しくなったら甘えろよ」

「なっ‼　寂しくなんてならないし！」

突っぱねて断言すると、重ねてきた手を振りほどいた。

「ムリするな。きっと俺が欲しくなる時が来るさ」

「なんて自信家なの！」

遥斗はニヤニヤしながらハンドルを切った。

その夜、洗濯物を乾燥機に入れたままだったことを思い出す。急いで取り出し、カゴへ移しているとき、長袖のシャツが足元に落ちた。それは遥斗のルームウエアだった。がっしりとした体格だから、サイズはＸＬで袖も長い。思わず自分の体に合わせて長さを比べてみた。

「さっそく俺のこと思い出して、寂しくなった？」

急に声をかけられて体がビクッと反応し、手からシャツが滑り落ちた。

「ち、違うよ。遥斗の体って、大きいと思って……」

遥斗はシャツを拾い上げると、里穂が持っていたカゴを手から取り上げた。

「俺も手伝うよ」

そう言って隣でニッコリと微笑む。柔らかな笑顔に、ついドキドキしてしまう。遥斗の顔をまっすぐ見ることができなくて、乾燥機の扉に視線を向けたまま尋ねた。

「は、遥斗は背の高い女子って、どう思う？」

「小さくても大きくても、里穂は里穂だから。俺はどっちでも構わない」

「そ、そうじゃなくて……私、小学校の頃から背が高いことをからかわれて……自分に自信が持てなかったの。だって背が高い女子は、世の中で肩身が狭いんだよ」

「俺は好きだけど」

「えっ……」

遥斗の意外な言葉に、隣に立つ彼の顔を見上げた。好きという言葉だけが耳の中で何度もこだまする。遥斗の視線と重なり、沈黙が流れた。

「あまり至近距離で俺を見つめるな。思わずキスしたくなる」

その言葉に、里穂も頬が火照ってくる。何度も体を重ねているのに、こんな時の方がずっと恥ずかしい。

「里穂はそのままで魅力的だよ」

遥斗はさりげなくその言葉を呟くと、カゴを手に部屋へと戻っていく。

いつもの冷やかすような態度ではなく、素直な感情を伝えられたような気がして、意外に感じた。

あんなセリフを聞いてしまったら、すっかり勘違いしてしまいそう……。

遥斗はただ里穂を励ますために、そう言ってくれただけで、きっと深い意味などないのだから。

それでも嬉しい言葉のプレゼントのおかげで、心はポカポカと温かくなった。

一週間ぶりの出社で、朝から少し緊張気味にエレベーターを待っていた。

なぜか、前に並ぶ女性社員たちがチラチラとこちらを振り返る。後ろには誰もいないから、どうやら里穂のことを見ているらしい。

自分の席に着くと、同じフロアにいる営業部の後輩から声をかけられた。

「里穂先輩って、交際順調なんですね。うらやまし〜」

「なっ……いったい何のこと？」

「人事の小田さんがSNSで自慢してるみたいですよ。里穂先輩とのデート写真」

事情を聞いて、小田のSNSを急いでチェックした。すると、以前公園デートした時に一緒に撮った写真や、お弁当の写真まで堂々と公開している。

まさか、いまだに交際をアピールをしているなんて……。

もう我慢するのも限界だった。こんな状況のまま、心穏やかに仕事をすることなんてとてもできそうにない。

朝一番に課長の席へと向かう。

「相談があります。ここでは話せないので、会議室までいいですか？」

山野課長は不思議そうな表情を浮かべ、一緒に部屋を出た。

ひっそりとした会議室で、小田とつき合った経緯からストーカー事件のことまでの詳細を話した。課長は八の字眉がさらに下がり、何度も頷いている。

「事情はわかった。つまり、小田君とのつき合いはもう終っているということなんだね」

すぐに話をわかってもらえて、ホッと胸を撫で下ろす。

「でもね、部長に伝えても、きちんと対処してもらえるかどうか……。一応アプリを通してつき合ったことになっているし、バレンタイン企画に二人で参加してもらおうという案まで出ている。いますぐに破局の事実を公にするのは、どうかなぁ？」

課長の話を聞いて、愕然《がくぜん》としてしまった。

「力にはなりたいけど、僕の役職では難しいかもしれないな」

済まなそうに笑う課長を見て、これ以上話をしていても埒《らち》が明かないことを悟った。

「わかりました。話を聞いていただき、ありがとうございます」

力なく会議室をあとにする。すぐに席へ戻る気になれなくてエレベーターに乗り、エントランスまで降りると、ちょうど小田とバッティングしてしまった。向こうは数人の同僚と一緒にいる。視線を合わせないようになるべく俯《うつむ》いて通り過ぎようとした。

「鈴河さん、おはよう」

「おはようございます」

声のトーンを落とし、儀礼的に挨拶を交わす。隣にいた同僚が小田に微笑みかけて言葉を発した。

「照れてるよ。可愛いじゃん」

ボソッと呟いた声が耳に届く。早くその場を離れたくて、足早に外へ出た。

お昼に万智を誘い、外の定食屋に出かけた。今朝課長にした話を聞かせると、彼女は驚きの声を上げた。

「ええっ⁉　ストーカー？」

「シーッ。大きな声では話せないんだけど……とても困っていて」

「小田さんって、紳士的で一見穏やかそうに見えるけどなぁ」

「顔が広い万智なら、彼について何か詳しい情報が得られるかと思って」

「ＯＫ！　調べてみるよ。それと、帰りは必ず一緒に帰ろう」

課長に相談しても何も解決してもらえなかったのに、同僚には力強く応援してもらえるなんて。万智の言葉がとても頼もしく思えた。


昼が終わる頃、小田からメッセージが届いていることに気づく。

《里穂ちゃん、君のことを幸せにできるのは僕だけだ。ああいう男は金を持ってるだけで女に不自由はしない。僕なら絶対に君を裏切らないよ。だから諦めずに、ずっと待っているから》

メッセージを読んで怖くなり、すぐにホーム画面に戻した。

今日もどこかで待っているつもり……？

悩んでいる最中に、遥斗からのメッセージが届く。

《どんなに忙しくても必ず迎えに行く。仕事が終わったら連絡をよこせ》

しかし、ずっと遥斗に迷惑をかけるのは嫌だった。とりあえず、これからは万智とできるだけ一緒に帰るしかない。

レジデンスは駅から降りてすぐの場所だし、人通りも多い上、セキュリティも整っている。なるべく自分で、できる限りの対処をしたかった。

《ありがとう遥斗。同僚の子が、一緒に帰ってくれることになったの。遥斗の部屋なら安心だし、何かあったらすぐ連絡する。だから、心配しないで大丈夫だよ。それから、ムリして迎えに来たら、すぐアパートに戻るからね！》

今日は少し残業をして、途中まで万智と一緒に帰宅した。一人になり辺りを見回すが、今のところ小田らしき姿は見ていない。ホッとして最寄り駅で降り、レジデンスの部屋へ戻った。念のため、安全に到着できたと遥斗にメッセージを入れておく。

こんな状況、果たしていつまで続くんだろう……。

先のことを考えると、つい暗い気持ちになってしまう。

夕食を作って遥斗の帰りを待っていると、今夜も遅くなるとメッセージが届いた。仕方なく一人で食事を済ませ、寝る支度をしたけれど、やはり遥斗の顔を見てから眠りにつきたい。ダイニングテーブルの席に座り、頑張って待っていたところまでは記憶しているが、いつの間にか意識は薄れ遠ざかっていく。

「どうした、里穂」

声をかけられガバっと体を起こすと、遥斗の顔が目の前にあった。どうやら、うたた寝をしてしまったらしい。

「ご、ごめん。寝てたみたい……。すぐ、ごはん用意するから」

急いで立ち上がり、キッチンへ向かおうとして腕を摑まれた。遥斗に顔を近づけられて覗き込まれる。メイクも落としているし、このところ肌の調子も良くない。改めてジッと見つめられて慌てて顔をそむけた。

「俺の目はごまかせない。疲れてるんだろ？　食事はムリして作ることはないし、待ってないでベッドに入れ」

「う、うん……」

一日の終わりに遥斗の顔を見たかったとは言えず、軽く頷いた。

「それとも、俺に会いたくて待ってたのか？」

遥斗の言葉に一気に顔が熱くなっていく。反応してはいけないと思えば思うほどじわじわと温度が上昇する。

「かっ、からかわないでよ。寝ようと思ってるうちにここで……」

「俺は会いたかった」

二人の視線が重なり沈黙が流れる。遥斗が顔を近寄せ、唇が重なりそうな距離まで近づく。その途中、遥斗が長く息を吐いた。

「……まずい。約束を忘れそうになった。もう里穂に迫らないって約束だよな」

遥斗は手のひらで里穂の頬を何度か軽く触れると、摑んでいた腕を離した。

「おやすみ」

このままキスして、強く抱きしめて欲しい。そう言いたくなってしまう自分が情けない。自分勝手な気持ちをすぐに押し殺した。

頬に触れられた遥斗の温かい手の感触が、いつまでも消えない。結局、それからベッドへ向かっても、なかなか寝つくことができなかった。


翌朝、出社早々に山野課長に呼び出された。

「部長がどうしてもバレンタイン企画で、ステージイベントをやってもらいたいと言いだしてさ。小田君と二人で参加してもらいたいんだが、彼にチョコを渡すパフォーマンスだけでもどうかなぁ？　小田君の方は二つ返事で……」

「そ、そんな……。絶対に無理です。私、課長にお話ししましたよね？　怖い思いをしてるんですよ。とても人前でチョコを渡せる状況じゃないです」

「そうかぁ。それじゃ、他の女子に頼むしかないなぁ。鈴河さんと小田君がアプリで出会って結婚するモデルケースとして今後アピールしようかって、裏ではそんな話も出始めているらしい。しかし、あの温厚そうな小田君がストーカーなんて……人事の方でも首を傾げてたよ」

課長の言葉に不信感を抱く。

もしかして、私が相談した話が信用されていないの？

それはまるで、里穂のわがままで仕事を拒否しているような言いようだった。自分の置かれた状況に目の前が暗くなってくる。

今日も何事もなく帰宅すると、珍しく遥斗が先に帰宅していた。玄関で出迎えてくれた彼の顔を見て、ホッと一安心する。

「里穂、おかえり。今日は仕事を早く切り上げた。簡単な料理だが、できあがっているから、まずは風呂に入ってこい」

「もしかして昨日のことがあったから、わざわざ早く帰ってきてくれたの？」

「元気のない里穂を見てる方が、何よりも辛いからな」

帰宅して優しい言葉をかけられ、お風呂に食事の用意まで、至れり尽くせりの待遇で涙が出そうになる。

ダイニングテーブルに並んでいたのは根菜とベーコンで煮込んだポトフだった。

こ、これで簡単な料理なの……⁉

「遥斗って器用だし、よく気がつくし、女子力高いよね」

「もしかして、俺はいい奥さんになれるかな」

「遥斗が、奥さん……？」

里穂はクスッと吹き出す。思わず、体の大きな遥斗が、かわいらしい白のエプロン姿で食事を作っているシーンを思い浮かべる。とたんにおかしくなって笑い出した。

「何を一人で笑ってる？」

「ううん。遥斗のおかげで、想像力が豊かになっちゃって……」

暗かった気持ちから久しぶりに解放され、心からリラックスできた。

スプーンですくった透明なスープをひと口すると、仄《ほの》かな甘さと心地よい香りが鼻に抜ける。

「何だかホッとする味……」

「困ったことがあったら、すぐ俺に相談しろよ」

「うん、ありがとう遥斗。大丈夫だよ」

涙が込み上げるのを必死でこらえた。まるで里穂の心が読まれているのではないかと思うくらい遥斗の思いやりを感じる。

こんなに優しくされてしまうと、自分が弱くなってしまいそう。これ以上心配させたくはないから、もっと頑張らないと。

自分を鼓舞して必死で心を奮い立たせた。


翌日、仕事に取りかかろうとして、また山野課長に呼び出される。

「鈴河さん、ホントに申し訳ない。上の命令で、今日から営業部の手伝いをしてもらえないかな」

「えぇっ⁉　営業部……ですか？　でも、もうすぐイベントもありますし……」

「部長が自分で出した企画をって……機嫌が悪くなってね。しばらくは営業部を手伝って、また落ち着いてきたら、宣伝部に戻れるように話をするから。ねっ」

ここまで頑張ってきた仕事を、そんな理由で変えられてしまうだなんて。

「実は昨夜、小田君に聞き取り調査をした際に、鈴河さんから誘われてマッチングしたんだとか、ストーカー行為なんて濡れ衣だとか、とにかく大泣きして大変だったらしいんだ。なぜか上層部は彼のことを信頼しているらしくて、今後、小田君には交際を諦めさせるから、このことは責任を問わないでもらいたいと言われた」

「そんな……でも、話の内容がまるで違って……」

「鈴河さんには悪いけど、しばらくは別の場所で頑張ってもらいたい」

「本当に小田さんは、理解してくれたんでしょうか？　同じ会社にいたら、いつまた同じことをしてくるか……とにかく怖いんです」

「小田君はちゃんと約束したそうだから、大丈夫だと思うよ。今後社内のいざこざが広がると、マスコミにも騒がれるし。今回は引き下がってもらえないかな」

この会社は問題をかき消すために、里穂を配置転換することで決着をつけたいらしい。

これ以上異議を唱えても、何も変わることはないようだ。

「わかりました。しばらくは営業部で頑張ります」

悲しくなりながらも、何も反論することができなかった。もうこれ以上誰にも相談することができない。

でも、それも仕方のないことなのかも……。

強引に誘われたとはいえ、小田とつき合うと判断したのは、紛れもない自分なのだから。

営業部では資料の整理やお客様のお茶出し、簡単な入力作業が中心となり、営業補佐のような仕事を任される。新しいアイデアを出すことやイベントへ向けての準備もなくなり、時間的にはゆとりができたが、仕事のやりがいは減り、侘《わび》しい気持ちになった。

営業補佐の仕事だって、大切なことは充分理解している。そうは思っていても、以前のような気力は湧いてこない。


二月のバレンタインイベントが終了した頃、万智から呼び出された。

仕事帰りに二人でコーヒーショップへ立ち寄る。

「里穂、小田さんの正体がわかったよ！」

万智は社内にいる情報通の女子から、色々と話を集めてきたらしい。

「あの人、以前の会社でも同じようにストーカーしてたらしいよ。その関係で解雇されたみたい。うちの会社の重役に親戚がいるんだって。そのツテでここに入ったらしいの」

「そっか。……そういえば、小田さんに案内されたカフェバーで、マスターが前の彼女のことを話題にしたとき、急に怒り出したことがあった。そういう事情が関係してたんだ……」

「外見からはわからないけど、元々性格の偏った人だったのかもね」

「私、そんな人とつき合っていたなんて……」

今までの記憶が重くのしかかり、思わず両手で頭を抱えた。

「里穂。これはただの事故だよ。たまたま変なのに引っかかっただけ。気にしちゃダメだよ。社内でも里穂のことを擁護する意見が出てるから、元気出して」

「いつもありがとう、万智。……そう言ってもらえると、ホント救われる」

嬉しい言葉に、思わず涙腺が緩んでくる。

こうして応援してくれる人がいるのだから、もう一度立ち上がらないと……。

心を引き締め、万智に笑顔を向けた。


仕事を終え、レジデンスに戻ると、すぐに夕食の準備に取りかかる。

キッチンに立ち、オムライスでも作ろうと玉ねぎの皮をむいた。包丁で半分に割り、刻み始めると、すぐに目の奥が痛み出す。

視界がぼやけ始めると、それが玉ねぎのせいなのか辛い現実のせいなのか、よくわからなくなる。ぽろぽろと涙がこぼれるうちに、遥斗が帰ってきてしまった。

「どうした？　泣いてるのか？」

「違うよ。オムライス作るのに、玉ねぎ切ってたから……」

「だからって、こんなに必要ないだろ？」

キッチンカウンターには、皮を剝がした玉ねぎが五、六個転がっていた。遥斗は強引に里穂の肩を摑むと、こちらの顔を覗き込んでくる。

「里穂、俺の顔を見ろ」

少し見上げると、滲んでぼやけた遥斗の顔が見えた。遥斗の瞳は表情を読み取ろうと、視線を合わせてくる。

「何があったかは大体知ってる。元の部署に戻りたいんだろ？　俺が何とかしてやろうか？」

異動のことを遥斗には伝えていない。きっとイベントで、宣伝部のスタッフにでも聞いたのだろう。

「もういいの。あの部署は、私には向いてなかったみたい。裏方で働く方が気が楽だし」

「そうか……わかった。それはそうと、里穂にピッタリのプロジェクトがあるんだが、参加しないか？」

「プロジェクト？　遥斗の会社の？　他社の私が入ってもいい仕事なの？」

「まあね。ぜひ里穂に参加してもらいたい」

「わかった。お世話になってる遥斗に頼まれたら、断れないよ」

幼馴染《おさななじみ》の遥斗に紹介してもらう仕事なら、きっと安心してできるかもしれない。

「それまではここにいて、家事をやってもらおうかな」

「居候させてもらってるんだから、もちろん、やらせていただきます」

遥斗に向かって笑顔を向けると彼の手が里穂の頬に触れて、涙を拭った。

「どうだ？　今夜は一晩中慰めてやろうか？」

「もう、遥斗ってば……もちろん結構ですっ！」

ニンマリと笑う遥斗をわざと睨みつけて、はっきりと断りを入れた。


それから二週間、里穂は淡々と与えられた仕事をこなす日が続いていた。

今週も同じ内容の仕事が続くのだろうかと気分の上がらない週明け、ランチタイムに万智から呼び出された。会社から少し離れた洋食店に入る。

「思い切って、他の子に応援をお願いしたの。里穂がストーカー被害と不当な異動で困ってることを話したら、少しずつだけど協力者が現れたよ」

総務部の知り合いに話してくれて、みんなで、里穂の異動が強引だったことを抗議する計画を立てているらしい。

「本当にありがとう、万智。みんなにもお礼を伝えて」

薄暗い中に少しだけ明かりが灯るような気がした。


翌週の月曜日、ランチを終えて営業部にある自分の席へ戻ると、係長に声をかけられた。

「鈴河さん、広報宣伝部の課長からすぐ会議室へ来るよう、連絡がありましたよ」

「は、はい……」

いったい何の話だろう。宣伝部での引継ぎも問題なく済ませているし、もうこれ以上伝えることはないはずなのに……。

不安な足取りで、会議室のドアを開ける。

「やぁ、鈴河さん。元気かい？」

作り笑顔の課長がそこに座っていた。

「いきなりだが、また宣伝部に戻る気はないだろうか？」

「えっ⁉　ど、どうしたんですか？」

課長は済まなそうに声のトーンを落とす。

「社内ではまだ公表してないが、小田君はすでに自宅で謹慎処分を受けている。そして、来月に解雇されることが決定した。実は匿名で通報があって、彼を解雇しないのなら鈴河さんにストーカーしていた証拠や、社内で隠ぺいしていたことを、全社員やマスコミに知らせると言われたらしい」

「証拠って……いったい誰が……」

「しかもなぜかこの話がTSAグローバルの専務の耳にまで入っていて。社内でのゴタゴタが収まらないのなら、出資をストップすると言われたんだ。それで結局、小田君を解雇するという決断に至ったらしい」

もしかしてと思ったら、やっぱり遥斗なの⁉　まさか、変なことを企んでなければいいと思っていたけど……こんな風に動くなんて。

「それで、本当に私がまた戻ってもいいんですか？」

「以前から鈴河さんの異動には、社内から異議の声が上がっていて……。つまり、会社の方では穏便に済ませたいらしいんだよ。君にこのことを外で発信されると、そのぉ……こちらも困るというか……」

つまりアプリ人気の足手まといになるから、里穂の口も閉ざしたいということらしい。

「わかりました。そう言っていただけるのなら喜んで戻ります。そのかわり、今後は女子目線でアプリの改善案を作らせてください」

そのセリフで、課長の八の字眉毛がまた下がってきた。

「それは、上に言ってみないと……」

「会社側は、私がマスコミに話すと、まずいんですよね」

「わかった……。部長に話を通してみるよ」

課長は慌てて了承してくれた。

帰宅して、遥斗に今日の出来事を話していると、案の定、やはり平然とした態度で聞いている。

「ストーカーの証拠を突きつけた匿名の人物って……遥斗の仕業でしょ？」

「さぁな」

「それに、社員の問題を会社間の取引で持ち出すなんて。遥斗の会社に迷惑がかかるから、そんなこととして欲しくなかったのに……」

「もう済んだことだ。それより、ちゃんと戻って働けそうか？」

遥斗が心配そうに尋ねた。

「うん。せっかく元に戻れるんだから、また頑張って働くよ」

「でも隠ぺい体質の、あの上層部の考え方を変えないと、会社の未来はないな」

「そうなの。自分のいた場所がこんなにも酷かったなんて。人を幸せに導く会社だと思ってたのに……。実態がわかって、ちょっとがっかりしちゃった」

そう言うと、遥斗の手が優しく里穂の頭を撫でた。

「里穂が働きやすくなるように、これからもなるべく協力するよ」

遥斗がかけてくれた言葉と、その心遣いで温かい気持ちになった。

「ありがとう……。でも、また権力を振りかざしたら困るよ。これからはもっと内側から変えていかないと」

万智や、協力してくれた他の女子たちにお礼を伝えるためにも、そうしていきたいと思った。

9　平常心の限界（遥斗SIDE）

里穂の作ったオムライスを食べ終え、自室へと戻る。

さっきの話を思い出すと苛立って、とても落ち着いてはいられない。

あのストーカー男、里穂を泣かせやがって……。

キッチンで涙をこぼしていた里穂の姿が頭から離れず、とても今回の件に首を突っ込まずにはいられなかった。

スマートフォンを手に、知り合いの調査会社に連絡を入れる。

「ラングルの人事部にいる、小田という男の身辺や経歴を調べてくれないか？」

それから数日後、詳細な報告を受けた。

小田は以前在籍していた会社で、ストーカー行為により解雇されていたことや、ラングルの幹部にいる親戚の縁故で入社したこともわかった。

しかもヤツはストーカー行為だけでなく、ＳＮＳで里穂の写真を公開していたことも知り、怒りで殺意が湧き上がる。

「俺がすべてきれいに片づけてやる……」

とはいえ、里穂を元の部署に戻すには、こちらも目立って動くわけにもいかない。

まずは匿名の通報という形でストーカー問題を提起し、公表することをチラつかせ、揺さぶりをかけた。

安全のため、しばらく里穂を尾行させていたから、コンビニで強引に手を引く写真などの証拠は揃《そろ》っている。

ＳＮＳの方にも写真を削除することを要請した。

遥斗は小田を呼び出し、今後里穂に一切関与しないと誓約書を書かせた。小田はこちらの強硬な姿勢に怯え、いとも簡単に従った。相手の弱々しい態度に、一瞬でも彼女をこんな男に関わらせていたかと思うと強い憤りを覚える。

週明け、出社して秘書に内線を入れる。

「すぐにラングルの上層部に連絡を取ってくれ」

さらに追い打ちをかけるように、ＴＳＡの名前を出し、社内の問題を解決できないようなら資金提供を見合わせることを匂わせた。

違法な手段は一切使っていない。原因はラングル側の隠ぺい体質にあるのだから。

そして、実は今でもこっそりと調査会社に里穂のあとをつけさせている。

ストーカー被害は一度では済まないことが多い。とてもこのまま一人で帰宅させることはできなかった。

もう、そろそろ次の段階に進んでもいい頃だろう。あとは里穂に新しいプロジェクトに加わってもらえば、俺の復讐《ふくしゅう》は完遂する。

完璧に立てた計画に多少の狂いはあったが、概ね順調にここまできた。

あと少しだ…………。

10　真実と赤い糸

遥斗へのお礼のつもりで、週末は家事を一切引き受けていた。部屋の掃除に洗濯、食事の準備など。日曜日は朝から一日かけて隅々までピカピカに磨き上げた。といっても、遥斗は休日に自分で掃除をすることが多いせいか、ほぼ綺麗に保たれている。普段忙しく働いているのに、掃除までするなんて、遥斗はかなり律儀な性格なのかもしれない。

遥斗の母親とは幼稚園時代に顔を会わせているはずなのに、まるで記憶に残っていなかった。遥斗は躾《しつ》けられたというけれど、こんな風に育てた人なのだから、きっと素敵な両親に違いない。

夕方、食事の準備をしていると遥斗からメッセージが届いた。

《今夜は八時に戻る》

宣言通り時間ピッタリに遥斗が帰宅し、入浴してさっぱりしたところで一緒にダイニングテーブルの席に着いた。

「おっ、今夜は和食か！」

嬉《うれ》しそうな声を上げる。一日家事をしながら遥斗の帰りを待っていると、評価されるのは食事の時ぐらいだから、どうしても感想が気になった。

肉じゃがを小皿に乗せると、箸でじゃが芋をひと口放り込み、ゆっくりと味わう。

「うまいよ。味がちゃんと染みてる」

「良かったぁ。なんだか上司からジャッジされてる気分」

「そうか？　それじゃ、里穂がキスでもしてくれたら、ボーナスでも支給するかな」

「また、そういうこと言う」

口を膨らませ、遥斗を睨《にら》む。しばらく見つめ合うと、一緒に笑い出した。

遥斗とこうして笑い合えるのも、あと少しなのかもしれない。そう思うと、じんわりと寂しさが募る。

「あれから仕事は順調なのか？」

「うん。アプリをもっと安全に使いやすくするために、女子目線の案を出すことになったの。ここから少しずつ社内を変えて、働きやすい職場を目指そうと思って。それより、このみそ汁、混合出汁で作ったんだよ。食べてみて」

遥斗はみそ汁を一口飲むと、真剣な表情でこちらに向き直った。

「里穂。以前話した新しいプロジェクトのことだが、今の仕事はそのまま続けてもらって構わない。だから、三月三日の土曜日、午前十時に正装をして、グランドパークホテルのロビーへ一緒に来てくれ」

「えっ⁉　そ、それって、もしかして他のスタッフとの顔合わせとか？」

「あぁ……そうだ」

「誰と会うの？　それに、どんな仕事なの？」

矢継ぎ早に質問すると、遥斗は急に黙り込み視線を外した。

「この件に関しては内密なことなんだ。だから、まだ何も教えられない」

仕事内容も秘密のまま、ただスケジュールだけを指定されるなんて。遥斗が何を考えているのかよくわからない。

「そうだ。正装って、いったい何を着ればいいの？」

「服を用意するのは大変だろうから、俺が外商に頼んでおく」

「そ、そんなっ。私、高い物を買う余裕なんてないし……」

「プレゼントだから、気にするな」

ますます何を考えているのかわからない。遥斗は澄まし顔で、テーブルに出した食事をすべて平らげた。

一週間後、デパートの外商担当が訪れ、メジャーで体のサイズを測り、いくつかの商品を届けてくれた。数点の中から好きな物を選ぶように言われ、春らしく淡いピンク色のスーツに決める。担当者にいくら値段を尋ねても、遥斗から止められていると言って、結局教えてはもらえなかった。どう考えても安いはずがない。

いったいどのくらいするものなんだろう？　色々と思い悩むから、安い物を買いたかったのに……。

新しい展開を前にソワソワした気持ちのまま、とにかく約束の日が来るのを待つしかなかった。


ハンガーにかけられたスーツを見ながら数日が過ぎ、すぐに当日の朝が訪れた。前日から緊張してよく眠れないし、朝食も少ししか喉を通らない。

「そんなに心配するなよ」

不安にさいなまれている里穂の気持ちは、意気揚々としている遥斗に、まるで伝わらないようだった。

遥斗の運転で指定されたホテルへと向かう中、車内で何度も指摘されてしまう。

「また、ため息をついてる」

「だって、どんな人に会うのか教えてくれないんだもの。もう何に緊張してるのか、わからなくなってきた」

心配しすぎて、すっかり投げやりな気持ちになっていた。

湾岸沿いにあるホテルは、レジデンスから車ですぐの距離にある。ホテル正面に車を停車させると、ドアマンに車のキーを預け、中へと入った。

「里穂、待ち合わせの前に、部屋に置いてある荷物を取りに行かないといけないんだ。一緒について来てくれ」

遥斗はフロントでカードキーを受け取ると、三十八階にある部屋へと向かった。カードキーで鍵を開けると遥斗はドアノブに手をかけ、こちらを振り向く。

「先に入ってくれないか」

遥斗の指示通りドアを押し開け、中へゆっくりと足を踏み入れる。

強い日差しが窓から射し込み、眩《まぶ》しさで目が慣れず、部屋の様子がわかるまでに数秒かかった。

「なっ、何これ⁉　いったいどうしたの？」

わけがわからず部屋中を見回すと、緩くカーブを描いた広い部屋の足元には、たくさんの花籠が置かれている。ピンクやイエロー、淡いブルーやオレンジの花たちが部屋中に溢《あふ》れ返り、心地良い香りに包まれていた。

状況がよく呑《の》み込めず身動きの取れない里穂に、遥斗は肩を摑《つか》んで後ろを振り向かせた。すぐに遥斗のまっすぐな視線と重なる。

「この仕事、絶対に断るな。どうだ、約束できるか？」

「えっ⁉　どんな仕事か、まだ聞いてないよ。それなのに約束って……」

いつになく真剣な眼差しで里穂の瞳を捉え、離そうとしない。

そしていきなり里穂の左手を摑むと、強引に遥斗の手のひらへ置かれ、薬指にリングをはめてきた。シンプルなデザインのプラチナリングには、センターとそのサイドに小さなダイヤモンドがあしらわれ、美しい光を放っている。そのリングは、すんなりと指になじんだ。

「里穂。俺と結婚してくれ」

遥斗の発した言葉が、頭の中を一周するのに、しばらく時間がかかった。

「えっ、えええええっ⁉　ま、まさかそんなこと。私って遥斗のセフレじゃ」

「セフレ？　何のことだ？」

「だって、いつも復讐《ふくしゅう》って私のことイジメて、楽しんで……」

お互い、しばらく沈黙して見つめ合った。

「ククク、ははは……あははははっ」

遥斗が次第に大きな声で笑い出す。

「そ、そんな笑わなくても。だって、桂木さんは？」

「桂木？」

「いつも遥斗のそばにいる、長い黒髪で美人の桂木さん」

「あいつが美人だと⁉」

そう言って急にスマートフォンを取り出すと、どこかへ連絡を入れた。

「着いたか？　こっちもそろそろ下へ降りる」

すぐに電話を切ると改めて里穂へ向き直り、リングをはめた手を遥斗に持ち上げられ、迫るように尋ねてきた。

「里穂の仕事は、これから俺と結婚して幸せになることだ。引き受けてくれるか？」

驚いて返事もできない。こんな幸せが、急に訪れていいのだろうか？

「だ、だって、私が遥斗と……？」

「嫌……なのか？」

急に遥斗のトーンが下がり、表情が曇った。初めて見る遥斗の不安そうな表情。その顔に心がギュッと締めつけられる。

「そんなわけないよ。遥斗に復讐されてるうちに、すっかり心奪われて……。こっちは好きっていう気持ちさえ打ち明けられなくて……ずっと、苦しかったんだから……」

いつの間にか声が震えてしまい、視界が潤んできた。

「私の仕事は、遥斗に幸せになってもらうことだから。もちろん引き受けます」

そう伝えた瞬間、勢い良く抱きしめられた。ため息と共に遥斗の呟《つぶや》きが聞こえてくる。

「良かった……断られなくて……」

そう言って里穂の肩に頭を乗せると、きつく抱きしめられた。普段から、あれほど強気で迫っておいて、呟く言葉が意外すぎる。

遥斗に再会するまで長い時間が過ぎたけれど、本来の姿は昔と何も変わっていないように感じた。こうして目の前にいる彼は、ちょっと意地悪で強気な男性などではなく、幼い頃のように繊細な感情を持ったままの優しい男性なのだから。

そっと目を閉じると、瞼の奥には小さなかわいい頃の遥斗の姿が、ぼんやりと浮かび上がった。

ロビーへ降りると、なぜか窓際のソファーに黒のスーツを着た桂木が座っている。遥斗は平然と桂木の座るソファーへ近づき、目の前に座った。里穂は状況を理解できないで困惑したまま、遥斗の隣へ腰を下ろす。桂木は今日も相変わらず色っぽく、にこやかな表情で出迎えてくれた。

「お久しぶり。里穂ちゃん」

彼女から、まるで親しい友人のように声をかけられる。どういう状況でこの席に着いているのだろうか。里穂は何から尋ねていいのかわからず言葉を失った。

「うまくいったようね。これで私も肩の荷が下りるわ」

桂木はホッとした表情を浮かべると、細い足を組み直し、遥斗へ向かって呟いた。

「今までありがとう雅。これで安心して紹介できるよ」

「里穂ちゃん、気をつけた方がいいわよ。前に言ったでしょ。この子、結構な変態でストーカーだから」

「あのっ……さっきから気になってるんですけど。桂木さんと遥斗の関係って、いったい……」

里穂は一人ポカンとしながら、二人の顔を見比べた。

「あぁ、こいつはＴＳＡのＳＥをやってる、高城の実の娘。俺の義理の姉だ。すでに結婚して名前は違うけどな」

「ええっ⁉」

まさか、この女性がお姉さんだったなんて。どおりで仲が良さそうに歩いていたり、遥斗のレジデンスから一緒に出てきたり。

そう考えると、怪しいことは何一つない。すべての疑問が一瞬で解消されていく。

私だけ勘違いしていただなんて……。

思わず恥ずかしくなって視線を落とし、手元を見つめる。今日は何度も驚かされて、目が回りそうになった。

「ねぇ、里穂ちゃん。本気で結婚するの？　ムリに言わされてない？」

桂木は心配そうに里穂を見つめた。

「雅、さっき承諾してもらったばかりなんだ。不安を煽《あお》るようなことを言うなよ」

遥斗は心底嫌そうに、向かいに座る桂木に鋭い視線を向ける。

「はい、はい。そのうち色々わかるとは思うけど。まじめで努力家、浮気の心配だけはないわ。それは保証する」

遥斗と一緒に生活している間、桂木が言ったことをすでに何となく感じ取ってはいた。

本当の彼はとても誠実で、一直線な人だということを。

「あの、桂木さん。以前、私を会社へ呼び出したのは、何を伝えようと思ったんですか？」

「あぁ。あれは里穂ちゃんがどんな子か知りたくって。そうしたら、意外としっかりしてるじゃない。遥斗があの通りバカ真面目だから、逆に嫌われてるんじゃないかって心配したのよ」

「何だよそれ、まったく余計なお世話だ。人が外出中なのを見計らって、里穂を呼びつけやがって」

桂木は苦笑いし、遥斗はそれを軽く睨みつけた。

「里穂、午後にここへ俺の両親が来ることになってる。顔合わせをして、結婚の話をするから」

次から次に提案されるサプライズに、考えがまとまらない。

「ご、ご両親が⁉　で、でも、相手が私なんかで納得してもらえるのかどうか……」

大切な跡取り息子が、いきなり連れて来た平凡な家庭の女子と結婚するなんて伝えたら、いったいどんな目で見られるか……もはや不安でしかない。

「実は少しだけ話をしてある。母親は里穂のことも、里穂のお母さんのことも覚えていたよ。見ず知らずの人じゃなくて、安心するって言ってた」

すかさず、桂木も話に加わった。

「うちの父も気取った女性がキライだから。両親二人とも結構サバサバしてるのよ。だから里穂ちゃんのことも、きっと気に入ると思うわ。それに、私からもちゃんと伝えてあるから。遥斗の長年のお相手だって」

「えっ？　長年って？」

「どっ、どうでもいいだろそんな話。昼は上にあるレストランで食べて、またここへ戻ろう」

話をはぐらかされたまま、レストランでランチを済ませた。緊張が一向に解けず、ランチの味も素敵な景色も、まるで頭に入ってこない。


そして時間通りに、遥斗の両親がロビーに現れた。

白髪が似合うロマンスグレーで背の高い七十代くらいの父親と、整った顔立ちで快活そうな六十代くらいの母親だった。ドキドキしながら、自己紹介を済ませる。

「相手が遥斗の幼馴染《おさななじみ》だなんて、意外な人でびっくりしたのよ。久しぶりね、里穂ちゃん。ご両親はお元気？」

「はい。二人とも元気です」

「遥斗が何かムリを言って、困らせたんじゃないのか？」

父親が里穂を気遣い、尋ねてくれた。そのセリフに、思わず遥斗からされた数々の復讐らしきことが頭をよぎってしまう。体中が一気に熱くなり、恥ずかしさのあまり一人俯《うつむ》いた。

「遥斗さんには普段から色々なことを助けてもらって、とても感謝しています」

「お父さん、里穂ちゃんは宣伝部で活躍してるのよ。アプリについても、しっかりと自分の意見を持ってるし」

桂木が、まるで里穂の活躍を応援するように詳しく紹介してくれた。

「ほう。もし良かったら、うちの仕事を手伝ってもらうのもいいな。どうだろう？」

その言葉に、遥斗が急に嚙《か》みついた。

「親父、勝手に誘うなよ。彼女はせっかく今の部署に戻ったばかりなんだ。これ以上忙しくされると俺が困る」

「それは里穂さんが決めることだろう。気が向いたら、我が社へ見学でも来なさい」

そう言って父親は朗らかに笑った。穏やかそうな両親で安心する。和やかな雰囲気に緊張感が緩み、すっかり気持ちが軽くなった。


一時間ほど歓談すると、桂木と両親は一緒に帰っていった。

里穂はぐったりした状態でソファーに座り込む。数時間の出来事が、まるで何日も経過したかのように感じてしまった。

「今日は驚くことが一気に押し寄せて、これ以上心臓が持ちそうにないみたい」

「そうか……本番はこれからなんだが……」

遥斗は平然とそう呟くと、カードキーを頭上へ持ち上げ、こちらへ笑顔を向けた。

「明日の朝まで予約してあるから、今日はゆっくり休んで行こう」

「う、うん……。でも、わざわざホテルに泊まらなくても……家も近いのに」

「非日常を味わうのも、たまにはいいだろ？」

遥斗に促されてエレベーターに乗り、部屋の前まで辿《たど》り着く。カードをかざしてドアを開け、先に里穂を部屋に入れてくれた。室内は花の香りに包まれ、心地良い空気に満ちている。

「ねぇ、遥斗。ここから見える景色、とっても素敵だね。お花も綺麗《きれい》だし、すごく落ち着いて休めそう」

里穂が室内に入ると同時に、なぜか遥斗はすぐにドアに鍵をかけ、丁寧に内鍵まで閉めている。

くるりとこちらに向き直ると、さっきまであった優しそうな表情は一変し、獲物を襲うような鋭い目つきに変わっていた。

「ま、まさか……」

嫌な予感がして体を翻し、近くにあったドアを開けて中へと逃げ込んだ。

そこはバスルームで、手前は洗面室、ガラス戸の向こうにはシャワーブースと円形をした大きなバスタブが置かれている。その奥には窓があり、入浴しながら海が見えるようになっている。白いバスタブには湯が張られ、鮮やかな赤い花びらがいくつも浮かんでいた。

「驚かせようと準備させておいたんだが……見つけてしまったなら仕方がない」

「な、何!?　どういうこと？」

まだ終わらないサプライズに、里穂の胸が再び高鳴る。背後にいる遥斗が顔を寄せ、そっと囁《ささや》いた。

「今日は里穂を隅々まで愛そうと思って」

その言葉で下腹部にズキンと甘い衝撃が走る。後ずさりしようとして手首を摑まれ、遥斗の腕に引き寄せられてしまった。ものすごい力で抱きしめられると、いきなり唇を奪われる。舌先を強引に滑り込ませ唇を塞がれたまま、ほとんど喋《しゃべ》らせてもらえない。

「……まって……」

嫌とは言わせない状況で体の奥にあるスイッチが切り替わり、すぐに淫靡《いんび》な感覚へと変化する。室内にクチュ、クチュ、と粘膜同士が絡み合う音を響かせると、舌先の動きが緩やかになり、遥斗はようやく唇を離した。

「あふぅっ………」

濃厚なキスに惑わされているうちに力が抜け、魔法にでもかけられたように、ブラとショーツだけの姿にされていた。気がつくと里穂は湯船に浮かぶ花びらに視線を泳がせ、ぼんやりとそこへ立っている。

遥斗は臆することなく着ていたものすべてを脱ぐと、ガラス戸で仕切られたシャワーブースへ入り、レバーを倒して水圧を上げた。

「恥ずかしがらずに里穂もおいで」

素直に身につけていたものを脱ぐと小さめのタオルを体に巻き、シャワーブースへ足を踏み入れた。すると、すぐに遥斗に手首を摑まれ、シャワーの当たる位置へ立たされる。温かな湯が体を伝い、巻いていたタオルが身体に張りついた。

「これはもう必要ないだろ」

遥斗は背後に立つと、里穂の覆い隠すものを引き剝がす。動揺しているうちに彼の温かな肌がピタリと背中に合わさり、硬く尖《とが》らせたものが腰の辺りに直接触れた。遥斗が後ろから両手を這わせると、二つの膨らみを優しく持ち上げた。指の間に先端を挟み、ふるるんと揺らす。

「あぁんっ」

少しずつ刺激を与えられていく里穂の身体は、わずかな振動にも敏感に反応する。

「こうやって一緒に入りたくてこの部屋を予約したんだ。昨日もずっと里穂の入浴シーンを想像していた」

「そっ、想像？」

「こんな風に洗うと、どれだけ乱れるのか想像しながら……」

いつの間にかボディソープを乗せた手を伸ばし滑らせると、下腹部全体を撫《な》で回す。肌触りの良いソープによって、遥斗の指がいつも以上に里穂を淫らにさせた。

「いやぁぁんっ！」

遥斗から受けるいたずらのような愛撫《あいぶ》に、身悶《みもだ》えするような感覚が込み上げ、逃れたくなって体をくねらせる。

「はぁ～んっ。ふぁぁんっ」

「やっぱりな。里穂はこういうの好きなんだろ？」

「やぁっ。もう、変態！　これ以上はやめてっ」

「弄られて嬌声《きょうせい》を上げるのは、俺以上に変態っていうことだよな。本当にやめて欲しいのか、身体の方に尋ねようか？」

逃れようとする里穂の腕を摑むと、泡だらけになった遥斗の手は焦らすように乳暈《にゅううん》をなぞり、硬くそそり立つ先端を軽く摘まんだ。

「んんっ。くすぐったいから……はぁぁんっ」

弄ぶように先端をそっと摘まみ上げると、するんと手を離す。里穂は容赦なく悶えさせられて、全身の力が抜け、遥斗に寄りかかり身体を預ける。片手で尖りをいじめる手は止まらず、さきほどからキュンキュンしている秘所にまで手を伸ばされた。

「もう……我慢できなくなっちゃうから……」

焦らし待たされていた蜜口からは温かな蜜液と泡が混ざり合い、腿《もも》にまで流れ出ていた。

「どうやら、里穂の身体はもう待てないらしい」

遥斗はふらつく里穂の上半身を背後からがっしりと抱えると、片足を持ち上げて足を開かせた。腰を近づけて猛々しく尖らせたものを、露をたたえて開ききった花芯の奥へと差し込んでいく。

「あぁんっ！」

里穂は待ち望んでいた歓喜に、抑えられないほどの声が出てしまった。潤みきった秘唇は遥斗の張りのある肉茎を一気に深く受け入れる。柔襞《やわひだ》が吸いつくように絡んで、水気を含んだ粘膜の擦り合う音がバスルームに響き、遥斗の律動も荒々しくなった。

「んぁあっ。もう、良くなって……どうしよう……」

「ほら、こんなに深く入って、里穂の一番奥にまで達してる」

遥斗が背後からピストンを速めると、激しく燃え上がるほどの欲情が全身を包み、あっという間に眩い光に包まれた。

「はぁぁぁんっ‼」

「あぁ、すごいよ。里穂！」

遥斗は膝を抱えたまま繋《つな》がった場所へ腰を二、三回強くぶつけると、里穂の身体をギュッと抱き寄せた。その瞬間、熱い飛沫《ひまつ》が発射され、中で勢いよく広がる。里穂は遥斗の熱い吐息を耳元に感じながら肌を寄せ、愉悦に浸っていた。

バスタブの湯には花の香りが漂い、深紅の花びらが、ゆらゆらと揺れている。遥斗を背中に感じながら心地良く湯船に浸かっていると、ちょっと贅沢《ぜいたく》で夢心地の気分だった。

「遥斗がこんなにたくさんの準備をしてくれていたなんて、まるで気づかなかった」

「俺はいつも里穂をどうやって喜ばせようかと、そればかり考えてる」

耳元で聞こえる低音で色気のある声は、バスルームに反響して、いつまでも聞いていたい。

「私ね、最近ずっと遥斗のことばかり考えて、体の奥に響くその声を聞いているうちに、段々おかしな気分になってきて……もう遥斗のこと以外考えられなくなっちゃうんだけど……」

そう伝えた瞬間、里穂を抱く太い腕が、さらに強く引き寄せた。

「俺の目論見はどうやら成功したらしい。本当に俺のものになってくれたんだな」

「もう、とっくにそうだよ。だって、遥斗のことが好きすぎて不安になっちゃうくらいだから」

「嬉しすぎるな、里穂。俺は長い間、どうやって手に入れようか、そればかりで……。これからも、ずっと愛してるよ」

遥斗の手がそっと里穂の顔を振り向かせ、唇を重ねた。彼の深い想いが伝わり、里穂の心は喜びで溢れそうになった。

「私もやっと素直な気持ちで言える……。遥斗のこと、愛してるって」

恥ずかしくなるような言葉も、心がほどけた今なら、いくらでも伝えられる。

何度も唇を重ねたあと、花びらの揺れる湯の中で、髪や背中、腰の辺りを柔らかなタッチで撫でられると、とろとろに溶かされそうになった。

「んんっ……」

緩やかで淫らなマッサージを受けているように、焦らされた身体は熱く火照り、体の奥が疼《うず》き始める。それから長い時間、湯船に浮かぶ里穂の身体は丁寧に愛撫され、絶頂の声を上げ続けた。

「あ～んっ。もう、だめ……はぁぁぁんっ」

声を張り上げ全身を強張らせると、真っ白な光に包み込まれ、下肢を震わせ甘美を享受した。あまりの心地良さに意識が何度も飛びそうになる。

「そんな姿を見ていたら俺も余裕がなくなる。このまま里穂の中に入れたい」

「遥斗……すぐに来て」

彼のすべてを受け入れたい里穂は、余韻に浸りながら何度も頷《うなず》く。遥斗は硬く尖らせたもので、背後から里穂の秘裂を貫いた。

「はぁんっ」

一度燃え上がった身体は、何度でも簡単に火がついてしまう。押し広げられた媚肉《びにく》を奥まで分け入る快感が脳内を突き抜けた。

「あぁっ……いいっ……また気持ち良くなっちゃう」

「いいよ、里穂。もっと良くなりたいだろ。このまま腰を上げて」

里穂の身体からいったん熱棒を引き抜くと、今度はバスタブに手をつかせ、腰を突き出させると再度挿入を試みた。

「俺のこと、たくさん受け入れてくれ」

遥斗はがっしりと腰を抱きかかえると、下から激しく突き動かした。

「んんっ……はぁっ……」

膝が震えて体がくずおれそうになる。体の奥が熱く煮えたぎり、クラクラして気が遠のきそうになった。遥斗はふらつく里穂の体を支えながら、喰《く》らいつく獣のように、腰を離さない。

「あぁ……待って……んあぁっ」

「里穂は覚えがいいな。中がこんなにねっとりとして、絡みつく」

遥斗は抑えられない感情を爆発させるかのように、里穂の深淵《しんえん》に杭《くい》を打ち込んだ。

「くはぁっ……」

里穂の身体は、容易に頂点へと辿り着く。激しい抽挿で湯がチャプチャプと波立つ。遥斗が強く腰を打ちつけると、里穂の上ずるような声が長く響いた。お互いの体が呼応し合うように反応し、遥斗の膨張した熱い塊を、蜜壺《みつつぼ》が包み込んで離そうとしない。強い収縮にこらえきれなくなった遥斗は、里穂の中心に向かって熱いものを放った。

「はぁっ、やぁぁぁんんっ！」

力が抜けて湯船の中に沈み込みそうになった里穂を、遥斗が抱き寄せる。

「もうだめ……腰が砕けそう……」

「まだ離したくない。時間はたっぷりあるからな」

「んあっ……」

遥斗の際限ない欲求に意識が薄れ、目の前に靄《もや》がかかる。ふらつく様子の里穂を見て焦った遥斗は、すぐにバスタブから引き上げた。バスタオルで包んで抱き上げると、ベッドルームまで運ぶ。里穂にペットボトルの水を手渡し飲ませると、ベッドの中へ横たわらせた。

長く湯に浸かっていたことと興奮した状態が続き、里穂の顔は真っ赤になって、のぼせ上がっていた。

「ごめん……」

ベッドの端にタオルを巻いた遥斗が済まなそうに座る。肩幅のある大きな背中が、肩を落としているように見えた。その様子がちょっぴりかわいらしい。

「いいの。大丈夫だから。少し気持ち良くなりすぎちゃっただけ……」

里穂は横になりながら、遥斗の腕へと手を伸ばす。ひんやりとしたベッドの上で、気だるい体とぼんやりとした意識の中、彼の顔を見つめた。

「ここへ来て、遥斗。もっとくっつきたい」

遥斗はベッドの中へ入ると里穂の横にピッタリと寄り添い、懐へ抱き寄せた。彼の腕に包み込まれているうちに、心地良い夢の中へと引きずり込まれる。


しばらくして目を覚ますと、遥斗がルームサービスの食事を準備していた。テーブルの上にはサラダにスープ、肉料理などの創作料理が並び、食欲をそそるようないい匂いがしている。

「さぁ、好きなだけ食べて」

「すご～い！　さすが一流ホテルだね。どの食事もおいしそう」

二人はバスローブ姿でテーブルの席についた。

朝からまともに食べられなかった里穂は、目の前の料理をゆっくりと堪能し、思う存分味わうことができた。

ところが、相変わらず遥斗は軽く食べただけで、里穂の食事を楽しそうに観察している。里穂は恐る恐る上目遣いで尋ねた。

「遥斗、食事の手が止まって……」

「どうやら、ひと眠りして元気になったようだな」

「う、うん……」

「夜は長いんだ。しっかり食べて体力をつけてもらわないと」

向かい側に座る遥斗の目の奥がギラリと光った。

ま、まずい……このままだと、またおかしなこと考えていそう……。

里穂は慌てて立ち上がると、サービスワゴンに食器を戻そうと皿に手をかけた。

「これ、片づけておかないとでしょ？　遥斗はゆっくりしてていいから」

そう伝えたはずなのに、遥斗は膝にかけたナプキンをテーブルに置くと、里穂の元へと近づく。背後に立つと、里穂がワゴンに移そうとした皿を取り上げ、なぜかテーブルの上へ戻した。

「いいよ、そんなことは。あとで俺がやるから」

気遣いのある言葉に里穂は嬉しくなって、そちらを振り向いた。すると肩をがっしりと摑まれ、いつの間にか遥斗の指先が、里穂のバスローブの紐《ひも》をほどき始める。

「里穂には大切な仕事があるだろ」

「ま、待って……まだ食べたばっかりだし、それに……」

「心配するな。じっくりと楽しむ方法も教えてやるから」

こうして二人きりでいる限り、里穂の制止など聞きはしない。今夜は体力が続く限り受け止めるしかないようだ。覚悟を決めているうちに、里穂の身体から甘い蜜が溢れ始めた。


「結婚⁉　お前が結婚するのか？」

里穂の父親が電話口の向こうで叫んでいる。何かを落とす物音が耳に届き、慌てぶりが手に取るようにわかった。すぐさま相手が母親に代わり、里穂の名前を叫ぶような声が聞こえてくる。

「里穂〜‼　本当なのっ⁉　半分諦めかけていたのに、良かったわぁ〜」

涙声になって、あとは向こうが何を話しているのかよくわからない。それでも、喜んでくれていることはすごく伝わった。

姉は数年前すでに結婚していたから、よほど心配だったらしい。

「それで、来月に遥斗がそっちへ挨拶に行く予定なんだけど。……ねぇ、聞いてる？」

興奮状態で、しばらく話が伝わらなかった。

三週間後、里穂は正式にレジデンスへ引っ越しを済ませた。結婚への準備も少しずつ捗り、すべての事柄が順調……のはずが、まだ解決していない大問題が残っていることに気がついた。

遥斗の仕事が休みになった土曜日の朝、問題を解決するため、本人に確認することを決意する。それは里穂にとって、とても大切なことで……。

「ねぇ遥斗、ずっと気になってる疑問があるんだけど……教えて欲しいの。あなたがいない時、部屋に鍵をかけているのは、どうして？」

食事を終え、のんびりコーヒーを飲もうとしていた遥斗が一瞬ギクリとしたように動きを止めた。

「あ、あぁ。部屋に大切な資料が置いてあるんだ。ヘタに片づけられると、困るだろ」

「何か触って欲しくないものでもあるの？　好きだった人の思い出とか？　それとも、人に言えない趣味とか？　何を見ても、何を聞いても、遥斗のこと嫌いにならないから教えて。だってこのままだと、まるで信頼されてないみたいで、すごく寂しいから……」

鍵のついた部屋の存在は、遥斗が里穂に対して完全に心を許していないようで、切なくそして悲しかった。

遥斗はしばらく黙ってこちらを見つめると、まるで何かを決心したかのように里穂の腕を摑み、部屋の前へと立たせた。

「絶対に俺を嫌いにならないって、約束できるか？」

「うん。もちろん」

遥斗への気持ちはとっくに揺るぎないものになっているから、今さら何を聞かされても驚くことなどない。

扉を開け、いざ遥斗の部屋へと足を踏み入れる。

ところが、室内でいくら注意深く見回しても、特におかしな点は見つからない。部屋の左側には遥斗のベッドがあり、右側には大きなビジネス用のデスクに、黒いメッシュ地の背もたれがついたイスが置かれている。デスクの背面にある本棚には、会社絡みの不動産系の本が、ぎっしりと詰まっていた。

「別に至って普通の部屋だよ。いったい何を隠したかったの？」

無言のままの遥斗を背に、置いてあるものを丁寧に一つ一つ確認していく。

すると、デスク上に置かれた見開きタイプのフォトフレームに目が留まった。手に取ると、仕事へ向かう服装をした里穂の写真が二枚入っていることに気づく。一枚は最近のもので、もう一枚は数年前のもののようだ。

あれ……でも、この写真って……？

里穂自身が撮るわけもないし、誰かに撮ってもらった記憶もない。

すると、遥斗は本棚から数冊のクリアーファイルを取り出し、机の上に開いて置いた。

「中を見てみろ」

手に取りパラパラめくっていくと、そこに納められているのは里穂の写真ばかりだった。それを一枚一枚よく観察していくと、一瞬めまいがしそうになってくる。

「こっ、これ何？」

そこには、数年前から最近の写真が、まるでアルバムのようにきちんと分類されていた。会社から帰宅しようとしている姿や、数人の同僚と飲みに行く様子の写真などが収められている。アパートでゴミ出しをしている瞬間や、買い物に出かけているところ、その他どこで撮ったのか、ただ散歩しているような写真まであった。

身辺調査書もファイリングされていて、大学を出たあとラングルへ就職し、担当した仕事の内容や異動した部署、それに趣味や休日の過ごし方まで詳しく書かれていた。

「どうして、こんなものを……」

「それは、どうしても里穂のことを忘れることができなくて……。子供の頃は里穂のことを見返してやろうと思い、身長を伸ばす努力をして、筋肉をつけて、猛勉強して一流大を出て……。成長していくにつれて、里穂のことを忘れたつもりだった。もちろん何人もの女性ともつき合ってみた。でも、心のどこかで里穂のことを求めてる自分がいて、結局、誰ともうまくいかないことに気づいたんだ」

「わ、私、ひどいことをして遥斗のこと困らせたのに……」

話を聞いているうちに恥ずかしくなり、頬が上気して熱くなってくる。

「昔の俺にとっては、ずっと背中を追いかけていた里穂が憧れだったんだろうな。無意識に生活していたつもりが、いつの間にか忘れられない存在になっていた。それで三年前に思い立ち、知り合いに調べてもらうことにしたんだ。一度、顔を見れば自分も納得するだろうと思って。でも、写真を見たらすごくかわいくなっていただろ、それで……」

視線も合わせず頬を赤らめながら話す。その姿は、まるで純情な少年のようだった。言動はストーカーそのものだけど、長年抱き続けた想いに愛おしさが込み上げる。

どうやら里穂まですっかりおかしくなってしまったらしい。

「その時は、里穂に男がいないことを知って安心した。しかし、今後他のヤツが現れないとは限らないだろう？　かといって、俺が急に里穂の前へ現れたら、どんな顔をされるかもわからない。だから、そこから入念に戦略を立てることにした」

桂木が里穂に伝えた言葉の、変態でストーカーというセリフの意味が、今になってようやく理解できた。

「どっ、どんな戦略？」

「雅からラングルに出資する案件があることを聞いて、俺も本格的にアプリビジネスに乗り出した。アプリを成長させ、成功させれば、里穂にも認めてもらえると思ったからな。クリスマスのイベント企画で、ラングル社が社員を総動員すると雅から聞いて、高確率でマッチングされるように、調査した内容を入力していった。まさか、本当に里穂とのマッチングがうまくいくとは思わなくて。初めて待ち合わせた当日、しばらく声をかけることができなかった……」

遥斗の果てしない計画に啞然《あぜん》としたが、それほど思われていたなんて、まるで想像もつかない。ずいぶんお金と時間と労力をかけて、里穂のところまで辿り着いている。遥斗のパワフルな想いに呆《あき》れ、そして、ものすごく嬉しくなった。

「そんなことしないで、正々堂々と私の前に現れてくれれば良かったのに」

「こう見えて、里穂に対しては自信がないんだ」

「私をあんなに大胆に脅迫して、迫っておきながら……呆れる」

あれほど復讐と言って迫り、平然と里穂のことを抱いておきながら、自信がないだなんて……。遥斗はやはり、今でも繊細な少年のままなのだろうか。

「絶対手に入れたいからこそ、よけい臆病にもなる。だから、復讐っていう名目で里穂を手に入れようと企んだ」

「遥斗の作戦には適わないよ。だって、ずっと頭から離れなかったもの」

「最初に里穂は、俺とは気づかないまま承諾してくれただろ？　そのまま付き合うことも一瞬考えた。だが、途中で真実を話して嫌われでもしたら、もう里穂の心を取り戻すことができないと思った」

「確かに……。嘘《うそ》をつかれたままつき合っても、遥斗のことが信用できずに、うまくいかなかったかもしれない」

何かと拗《こじ》らせていた里穂にとって、恋愛をすること自体が一大事だった。いくら相手が遥斗だとしても、不誠実な相手に恋は生まれない。

そして臆病な里穂にとって、遥斗が強引に赤い糸を結びつけてくれなかったら、今も同じ場所にいて、こんな幸せを掴めなかったかもしれない。

「でも、もし私が遥斗のことを途中で嫌いになったり、結婚を断ったりしたら、どうするつもりだったの？」

「それは……里穂が完全に俺のことを好きになるまでは諦めないつもりでいた。だから、確実に返事をもらえるタイミングでプロポーズしたはずだが……どうかな？」

いつもの強気で強引な態度の彼が、どこか不安気な表情で視線を上げ、こちらへ尋ねてくる。

「そんな顔されたら……。遥斗って、ずるいよ」

里穂は遥斗の元へ駆け寄り、両手を思い切り伸ばすと、ギュッと抱きついた。

繊細な部分を隠しながら、強気で迫っていたなんて。健気すぎて、嫌いになんかなれるはずがない。

「こんな俺を、ずっと愛せる自信はあるか？」

抱きしめている里穂の顔を覗《のぞ》くように、改めて問いただされる。里穂は視線を合わせて同意を示すため二度三度深く頷くと、遥斗の瞳が大きく見開き顔をほころばせた。

「これからもずっと、遥斗が私のことを追いかけてくれるのなら」

「もちろん。永遠に離すわけないだろ」

お互いの確認が終わると、遥斗の力強い腕が里穂の体を浮かせるように抱き寄せ、まるで想いを伝え合うかのように、ゆっくりと、そして丁寧に唇を重ねた。

11　復讐の理由（遥斗ＳＩＤＥ）

あれは確か、三年前――。


「あんた、また別れたんだって？」

閉まりかけたエレベーターの扉を、雅が手でこじ開けてムリヤリ入ってきた。

「お前には関係ないだろ。もう、どの女とつき合っても一緒なんだ」

相手から言い寄られた通りにつき合ってはみるが、いつも心が満たされることはなかった。理由は何となく自分でもわかっている。

「何だか投げやりだわね。どうして、そんなに荒れてるの？」

「仕事はきちんとこなしているんだ。もうその話はやめろ」


幼い頃の記憶には、いつも里穂を追いかけている自身の姿があった。一人っ子で母親も仕事をしていたせいか、思い浮かぶ遊び相手の存在といえば、彼女しかいない。

同い年なのに遥斗より十センチほど背の高い里穂は普段から活発で、少し強引だった。

「もうっ、Pちゃんはちょっと転んだだけで、すぐ泣くんだから！」

「おえかきはまたあとで。今日はおうちごっこするの。Pちゃんは、小さいから赤ちゃん役ね」

「みてみて、このスカートかわいい。Pちゃんに似合うかも。はいてみて」

あの頃、大人しく里穂の指示通り遊んでいたが、いつしか彼女より大きな身長になって、驚かしてやろうと思うようになった。

それは背が高く活発な里穂への憧れでもあり、負けん気でもあった。俺だって背が高くなって、体を大きくして誰よりも目立ち、里穂に威厳を見せてやる。そう思いながら日々過ごしていた。


園庭で手を痛めたあの頃、家の中では別の問題に揺れていた。両親は夫婦仲がうまくいかず、別居の話が出ていたからだ。もちろん幼い自分にはわからない問題だが、母親からは近々、今いる場所を離れるような話を聞かされていた。

そして数日後、引っ越しは決定的となり、複雑な状況を里穂に伝えられないまま幼稚園に通えなくなった。手の痛みで大泣きしたことと、里穂に会えなくなる寂しさだけが残ってはいるが、ケガをした原因や経緯は記憶が曖昧だ。

いつしか里穂を見返すために小学、中学、高校と体を鍛え猛勉強し、難関大学に入った。それと比例して、成長するにつれ里穂の存在は次第に薄れていく。

そんな二十代の頃、大学に入ってから数人の女性と交際したが、体だけの関係で結局うまくいかず、すぐに別れることを繰り返した。

社会人になり、父親のあとを継ぐため会社に入ってからも数人の女性とつき合ってはみたが、なぜかいつも長続きすることはない。

美人なタイプや可愛い系、年上から年下まで交際を経験してはみたが、心から打ち解ける相手は見つからなかった。

何かが物足りない……何かが……。

里穂のことをずっと念頭に描き邁進《まいしん》してきたからこそ、ここまで来たはずが、気づくと目の前には何もない。そのことに愕然《がくぜん》とした。目的意識がなくなり、何のために勉強して体を鍛えていたのかわからなくなったのだ。

昔の記憶に囚われている俺は、どうかしているのか？　そう思うこともあったが、里穂の存在を乗り越えない限り、前へ進めそうにもない。

今、彼女はどこにいて何をしているのだろうか……？

あれから二十年近く会っていない。この年だ、すでに誰かと結婚して子どもがいてもおかしくはない。現在の詳細がわかり、彼女の顔を一目見れば自分の気持ちも収まるかもしれない。いや、一度顔を合わせて話をすれば満足できるはずだ。とにかく自分自身が納得するためにも、連絡を取るべきだと感じた。

すぐに、知り合いの調査会社に里穂の身辺調査を依頼した。

数週間後、報告書が手元に届く。

《鈴河里穂。南関東の地元高校を卒業し、東京の私立大学へ進学。卒業後、ラングルというWEBシステム開発会社に入社しています。

現在、一人暮らし。交際男性は存在しません。総務部、営業部を経て、広報宣伝部に勤務されています。趣味は映画鑑賞、休日は自宅で過ごすことが多いようで——》

あとでじっくり読もうと報告書にざっくりと目を通すと、添付されたファイルをパラパラとめくった。途中、現在の姿を写した里穂の写真が目に飛び込んでくる。

「なっ、何だよ、これ………」

そこには自分好みの女性が写されていた。

スラリとした長身でボブのヘアスタイル、柔らかな二重瞼《まぶた》に小さめの鼻、形よく膨らんだ蕾《つぼみ》のような唇が愛らしい印象を与える。穏やかな表情で笑う、優しそうな女性だった。

思い出の中の里穂は、いつも元気なガキ大将のイメージのはずだったが、写真の中の彼女はまるで違っていた。幼稚園時代に追いかけていた、ちょっと活発で強引な女の子は、もうそこにはいない。

いっそのこと現在の姿が自分好みでないのなら諦めもついたが、写真を見て里穂にますます興味を抱いてしまった。

一度会って話をしてみたい。だが、俺は彼女に会ってどうする気だ……？

自身に問いかけてみるが、答えは出ない。


それから数日後、仕事の打ち合わせを早く済ませるため、ＴＳＡの社内にある雅の個室を直接訪ねた。すると雅がパソコン画面へかじりつくように座り、眉間にシワを寄せ数字の表に見入っている。

「また新しい仕事を模索してるのか？」

「そうよ。まだ検討中の案件なんだけど、ウチが出資して婚活アプリを共同開発する話なの。私の才能を活かせるビッグビジネスよ」

システムエンジニアをしている雅は、父親を説得してＴＳＡの事業展開をアプリ開発に見出そうとしていた。

「ふ〜ん。何ていう会社だ？」

「ラングルっていうとこ。まだそれほど大きくはないんだけど、マッチングアプリで若い子に人気があるみたい。だから、今度は婚活部門を立ち上げて、上場を目指してるんですって」

ラングル……？　どこかで聞いた名前だ。

スマートフォンで、少し前に里穂の身辺調査をしてもらった時のデータを調べた。

「やっぱり……」

「遥斗、あんたは跡継ぎなんだから、今後のことも考えないと。早く安定した彼女を作って、両親《ふたり》を安心させなさい」

雅が腕組みしながら、偉そうに説教を始める。

こうして目の前に里穂と繋《つな》がる案件が現れたということは、どこか運命に導かれた見えない力が働いているのかもしれない。

赤い糸なんて信じてはいないが、今はそれを肯定すべきものであるような気がした。

「それなら、協力して欲しいことがある。ずっと気になっている女性がいるんだが」

雅に洗いざらい話すと、すぐに呆《あき》れた声を上げた。

「なっ、何よそれ。見つかったのなら、さっさと告白すればいいじゃない」

「簡単に言うな。二十年近く会っていないんだ。いきなり現れた俺をどう思うか……」

「あんたはモテるのに、どうして自信が持てないのよ」

「それは……」

それは里穂に憧れ、ずっと彼女を想い続けていたからで、歪《ゆが》んだ思い込みが多少あったのだとは思う。完璧な男でないと振り向いてもらえないかもしれない……そんな想いがどこか消えず、簡単に踏み出せそうになかった。

今の仕事は父親の指示通り役職に就いたままで、ただ決められた仕事をこなしているにすぎない。周りに認められるよう努力はしているが、まだ誇れるような結果を残せてはいないのだ。

「ちょうどいいわ。このアプリ、ＡＩを使って成婚率が出るようにプログラムする予定なの。あんたが使ってみて、本当に彼女と結ばれる運命なのかを試してみれば？」

「アプリに命運を賭ける……ということか」

「なぁんて、冗談よ。そんなのうまくいくわけないでしょ。夢みたいなこと考えてないで、本気で彼女作りなさい」

雅の軽いジョークのような提案に、心を揺さぶられた。現実離れしているようにみえるが、彼女と再会するにはいいチャンスなのかもしれない。

すぐに決心を固め、雅の仕事を共同で進める準備を始めた。

それからアプリ開発の件は、資金提供や開発の段取り等、ＴＳＡ内部では遥斗と雅が一切を引き受け、二年で大きなビジネスへと成長させることができた。

開発した婚活アプリ『Ｍ《マリッジ》プロミス』は人気急上昇。そのことで、遥斗は仕事に対するプライドも、自信も満たすことができるようになった。

途中、打ち合わせで耳にした情報によると、ラングルでは社員にアプリの利用を促進し、クリスマス前に企画している婚活イベントを盛り上げるための準備をしているらしい。しかも、里穂のいる広報宣伝部は強制参加だという。

万全の体制を整え、ついに里穂と接触するというミッションを開始することとなった。

遥斗は絶対に成功することを確信する。里穂に自分のことを刻み込み、間違いなく彼女を手に入れる。

12　それからの甘い日々

遥斗のレジデンスへ引っ越してから二カ月が過ぎた。

あれから万智と協力して社内のアプリ体験者の意見をまとめた。特に女性にとって知らない相手と顔会わせをしてから、つき合うまでには危険が伴うこともある。相手からの質問内容によっては、アプリの方で紹介を中断するようなシステムができないだろうか、などを話し合った。会社に提案したのはアプリの改善案で、社内では女性中心の案件は初めてだった。部長たちからの風当たりは強いけれど、社内にいる女性社員から若い男性社員まで巻き込み、日々奮闘している。会社にとっても利用者にとっても、いいアイデアがまとまれば嬉《うれ》しい。

なんと言っても、こちらには強～い味方、システムエンジニアの桂木雅がいるのだから。

入社して以来初めてと言っていいほど、仕事で充実した時間を過ごしていた。毎日がとても楽しく、そして忙しい。

一方、結婚の準備は順調に進み、里穂の実家へ二人で向かい、遥斗が挨拶を済ませると、都内のホテルで両家の顔合わせも行った。母親同士が知り合いということもあり、スムーズにことが運んでいく。

それなのに……いつの間にか里穂の中には不安の種が少しずつ芽生えていた。思わずソファーの隣に座る遥斗の顔を見て呟《つぶや》く。

「やっぱり盛大な挙式って恥ずかしいから、見直したらどうかなぁ？　上司の前で、どんな顔していいのかわかんないし。それにドレス姿にも自信が……」

お互いの仕事も忙しく、派手なことが苦手な里穂は、やんわりと回避することを提案してみた。その言葉に遥斗の表情が曇る。

「まさか。今になって結婚に迷いが出たんじゃないだろうな？」

「ちっ、違うよっ。この先、遥斗の奥さんになること以外考えられないから！」

首を大袈裟《おおげさ》に左右へ振り、思いっきり否定した。遥斗の熱く真剣な眼差しが鋭く突き刺さる。

「俺の立場上、披露しないとまずいこともある。それに、今後は変な男に目をつけられないよう、社内外へ派手に知らせたい。いったい何を悩む必要があるんだ？　俺は里穂のウエディングドレス姿を楽しみにしてるんだぞ」

「じゃあ、せめて規模を縮小するとか……」

「わかった。なるべく考えとくよ」

そう承諾したはずが、ポケットからスマートフォンを取り出すと、先日ドレスを試着した里穂の写真を眺め、いくつものデザインをチェックし始めた。

「ちょ、ちょっと待って、何回お色直しをする気？　私、着せ替え人形じゃないんだから……」

遥斗はすっかり気を良くして、こちらの言葉がまるで耳に入っていないようだ。その横顔をちょっぴり呆《あき》れながらも、嬉しい気持ちで眺めていた。

金曜日の夜、里穂は残業を終えて深夜に帰宅する。最近は結婚式の準備と仕事で、休みもままならない日々が続いていた。

入浴してさっぱりしたところで、ルームウエア姿になってリビングへ向かうと、いい香りが一面に漂っている。ここ数日は先に帰ることが多い遥斗が夕食を作って待っていてくれた。

「今夜はアクアパッツァを作ったぞ」

「うわぁ～おいしそう。もうお腹ペコペコ」

スプーンに手を伸ばし食べようとしたところで、背後から腕をガシッと摑《つか》まれた。

「……へっ⁉　何？」

「ちょっと待て。最近、納得がいかないことがあるんだが」

後ろを振り向くと、遥斗が以前のように意地悪そうな表情を浮かべ、こちらを見下ろしている。

「なっ、何のこと？」

「仕事が順調になったのはいいが、最近あまりにも俺のことを軽視してないか？」

「しっ、してないよ。ごはん作ってもらったり、話を聞いてもらったり、いつも感謝してるから」

内心ちょっとドキッとしていた。確かに、最近仕事が忙しくて、二人で出かけることも、ゆっくり過ごす時間も取れてはいない。

「仕方がない。里穂が俺のことを忘れないよう、しばらく以前の関係に戻すしかないな」

「関係って？」

すると急に背後から肩を抱かれて顔を耳元へ近づけると、声を潜めてそっと呟いた。

「――復讐《ふくしゅう》」

言葉の意味と心地良く響く低音に、思わず背筋がゾクッと震え、下腹部の辺りがキュンと反応した。

こんな風に迫られて体の奥が疼《うず》くなんて、私やっぱり変態なのかな……？

最近の遥斗といえば、すっかり里穂を優しくサポートし甘やかしてくれるから、以前のようなドキドキする感覚は少し鈍っていた。

だからって……。

「んんっ……」

耳の奥を生暖かい遥斗の舌がそっとなぞると身体が勝手に反応し、少し後ろにのけぞる。嫌がらずに受け止める里穂を、遥斗の舌は容赦なく責め立て、耳から首筋を辿《たど》る最中、不意に動きを止めた。

「おい、いつもより興奮してないか？　やっぱり里穂はこういう方が好きなのか」

「なっ⁉　何てこと言うのっ‼」

遥斗の手をほどき、慌てて椅子から立ちあがると、興奮して上半身が熱くのぼせてくる。

「図星だな。耳まで真っ赤だぞ」

何も言い返せなくて、ただ遥斗を睨《にら》みつけるしかない。

「それに……俺も抵抗された方がそそられる」

遥斗は興奮気味に里穂を見つめると、腰の辺りに手を伸ばし、強引に腕の中へと引き寄せる。獣のような視線でこちらを見つめる遥斗に、仕留められたくて仕方がない里穂がそこにいた。

何もかも知り尽くされているのだから、このまま素直に彼の腕の中で支配されるしかない。甘い復讐の虜になってしまった里穂は、永遠に遥斗のことしか考えられないのだから。


六月にしては青い空が広がる晴れやかな日、二人は結婚式を迎えた。

里穂は肩や背中が大きく開いた、細やかな刺繍《ししゅう》が施されているAラインのウエディングドレスに着替え、控室の椅子に座っている。髪をアップでまとめ、首元にはパールをあしらったネックレスが輝く。普段こんな格好をすることもないし、人前に出る機会もあまりないから、鼓動が鳴りやまなくて浅い呼吸を繰り返していた。

両親や親しい友人たちは、ドレス姿の里穂と楽しそうに写真だけ取り、あと十分ほどで式が始まるとアナウンスが流れると一斉に部屋から出て行った。一人不安な里穂だけが取り残される。

遥斗の会社の規模も相まって、招待人数が会社のイベント規模になっていた。なるべく小規模でって言ったのに……。

遥斗は仕事以上に熱心に結婚式の準備を進めていて、それ以上制止するのも気が引けてしまい、結局大規模な式となってしまったのだ。

ドアが開いて、タキシード姿の遥斗が入ってくる。

「……ったく。こんな時に限って、長話しやがる。今日しかできないことが多いんだから、少しは遠慮して欲しいよな……」

遥斗は仕事絡みの経営陣にあいさつ回りをしてきたらしい。

それにしても、何回見ても飽きないなぁ……遥斗のタキシード姿。

モデル並みに高い身長と短く整えた髪型で一層凛々《りり》しい顔立ちに見える。

遥斗は部屋に入るなり、スマートフォンを片手に里穂の後ろ姿を撮影し出す。

「な……。また撮ってるの？　もうすぐ式が始まるんだよ。いい加減にしなよ」

「今日の里穂は二度と見られないんだ。できるだけ撮影しておかないと」

「だって、カメラマンがいるじゃない？」

「これは俺のコレクション用だ」

遥斗が一生懸命撮影している理由は何となく想像がつく。部屋にあるファイリングに里穂の写真を増やすつもりなのだ。先日もこっそり覗《のぞ》いてみたら、新しい写真が仲間入りしていた。それも寝ている間とか、着替えてる最中とか……。

結婚が決まってからというもの、ストーカー度合いが一段と増している気がする。

「きゃあっ」

いきなり遥斗がしゃがみ込んだと思ったら、里穂の腰の辺りを抱え、高く抱き上げた。にこやかな表情で、下から見上げるように里穂の顔を正面へ向ける。

「綺麗《きれい》だよ、里穂」

「遥斗も……カッコいい」

里穂は頬を赤らめながら、言葉を伝えた。

「いつものように、緊張してるんだろ？」

「う、うん……」

「そんなときは、こうすればいい」

遥斗は里穂をゆっくり下ろすと、唇を重ねた。さっきまで違うことに緊張してドキドキしていたのに、今はキスで鼓動がうるさい。

なかなか唇を離そうとしない遥斗に、そろそろやめさせようと里穂が手を伸ばしかけた。その十秒後、突然ドアが開き、ホテルスタッフが慌てた声を上げて再び閉めることになろうとは、その時の二人は知る由もない。

あとがき

はじめまして、春乃未果と申します。このたびは、数ある作品の中から本作をお読みいただきありがとうございました。

今回、受賞から書籍が出るまで、一冊の本が出来上がるという貴重な体験をさせていただきました。書籍化作業の一つ一つがとても嬉しく、そして緊張の連続でした。不器用な私に関わっていただいた編集部の皆さま、沢山の質問に答え丁寧に指導していただいた担当さま、本当に感謝いたします。

そしてイラストは、素敵な作品を描いている赤羽チカ先生に担当していただき、とても嬉しく思います。プロの先生に、二人を描いていただけるなんて！　しみじみ感激です‼

改めて、こうしてあとがきを書いていると、とても不思議な気持ちになります。

というのも、初めて小説を投稿したのは小六の頃（遥か昔……）。絵も描きたくなって中高時代はマンガ家やイラストレーターを夢見ていました。結局、画力もなく、今はのんびりとデジタルイラストを勉強していますが。小説の方は発表や投稿する自信もなく、こっそりと趣味の形で書き続けていました。ここ数年で世の中が一変し、やりたいことをやろう！　と思い立ち、ＷＥＢに初投稿したのが２０２１年です。そして、いきなり竹書房賞をいただき、こうして皆さまにお読みいただいております。本当に夢のような経験で、そして感謝いっぱいです。

さて作品の裏話ですが、幼馴染の恋と婚活アプリを絡めてみたら……とアイデアが浮かび、執筆を進めました。里穂の高身長の悩み、実は作者自身の悩みなのです。こっそり（？）教えますと、私の身長はＭＡＸで里穂プラス五センチもありまして、悩んでいる女子の気持を作品で表現したかったのです。そして、自分も楽しみながら書きたかったのです。

そんなコンプレックスのある不器用な主人公と、どこまでも愛してくれる幼馴染の存在が描けたらなぁと。時には遥斗がストーカーと化してますが、そんな二人と一緒にドキドキしていただけたのなら、とても幸いです。

遥斗ですが、作者の好きな男性タイプをたくさん盛り込ませていただきました。イケメンで仕事もできて高身長、一途で、料理上手で……入れすぎでしたでしょうか？

最後に、お読みいただいた読者さま、相談させていただいた作家さま、これまで作品に関わっていただいたすべての方々にお礼申し上げます。それでは、またどこかでお会いできたら嬉しいです。

★著者・イラストレーターへのファンレターやプレゼントにつきまして★
著者・イラストレーターへのファンレターやプレゼントは、下記の住所にお送りください。いただいたお手紙やプレゼントは、できるだけ早く著作者にお送りしておりますが、状況によって時間が掛かる場合があります。生ものや賞味期限の短い食べ物をご送付いただきますと著者様にお届けできない場合がございますので、何卒ご理解ください。
送り先
〒160-0004　東京都新宿区四谷 3-14-1　UUR 四谷三丁目ビル２階
（株）パブリッシングリンク　蜜夢文庫 編集部
○○（著者・イラストレーターのお名前）様

婚活アプリの成婚診断確率95%の彼は、イケメンに成長した幼なじみでした

２０２２年9月２９日　初版第一刷発行

著……………………………………………………… 春乃未果
画……………………………………………………… 赤羽チカ
編集…………………………… 株式会社パブリッシングリンク
ブックデザイン…………………………………… しおざわりな
（ムシカゴグラフィクス）
本文ＤＴＰ…………………………………………… ＩＤＲ

発行人……………………………………………… 後藤明信
発行……………………………………… 株式会社竹書房
〒102-0075　東京都千代田区三番町８－１
三番町東急ビル６Ｆ
email：info@takeshobo.co.jp
http://www.takeshobo.co.jp
印刷・製本…………………………… 中央精版印刷株式会社